WU CHANG

武昌历史文化丛书编委会／编

【武昌历史文化丛书】

蛇山故事

Sheshan Gushi

昌庆旭 编著

武汉出版社
Wuhan Publishing House

（鄂）新登字 08 号

图书在版编目（CIP）数据

蛇山故事 / 昌庆旭编著. — 武汉：武汉出版社，2021. 10
（武昌历史文化丛书）
ISBN 978-7-5582-4618-0

Ⅰ. ①蛇… Ⅱ. ①昌… Ⅲ. ①故事-作品集-中国 Ⅳ. ①I247.81

中国版本图书馆 CIP 数据核字（2021）第 097933 号

蛇山故事

编　　著：昌庆旭
出 品 人：朱向梅
策划编辑：胡　新
责任编辑：李艳芬
封面设计：马　波
出　　版：武汉出版社
社　　址：武汉市江岸区兴业路 136 号　邮　编：430014
电　　话：(027)85606403　85600625
http://www.whcbs.com　E-mail:zbs@whcbs.com
印　　刷：湖北新华印务有限公司　经　销：新华书店
开　　本：787 mm×1092 mm　1/16
印　　张：12.5　字　数：160 千字
版　　次：2021 年 10 月第 1 版　2021 年 10 月第 1 次印刷
定　　价：39.00 元

序 一
Preface

“求木之长者，必固其根本；欲流之远者，必浚其源泉。”一个城市的生命和灵魂，来自深厚的历史底蕴与坚实的文化内核；一个城市的品位和底气，离不开强大的文化自信与不竭的创新动力。挖掘历史资源、激活文化基因，事关精神命脉的传承，事关城市的永续发展。

有着近一千八百年建城史的武昌，历史悠久，文脉绵长。在这里，一座古城，风韵悠然，阔步前行，穿越千年沧桑；一处名楼，文人墨客，咸集诗赋，各领绝代风骚；一件大事，辛亥首义，敢为人先，改变中国历史；无数英豪，指点江山，前仆后继，浴血谱写辉煌。因为有了历史和文化的充分滋养，武昌始终生机勃勃、活力无限，为荆楚文化在中华文明总谱系中留下独特的基因和符号提供了丰富的给养。这片有着绚烂历史和强烈魅力的土地，一直等待着我们去发现、去感受、去领略、去彰显。

正因如此，我们有优势、有情怀，更有责任、有义务弘扬武昌的优秀历史文化，把武昌故事讲好，把武昌自信提升好，把武昌力量凝聚好。与其他展示武昌历史文化的论著不同，这套丛书全面系统梳理了多年散落在民间、口口相传的武昌老故事，通过精心的考证，深入挖掘其中蕴含的思想观念、人文精神和道德规范，并适应时代发展进行继承和创新，凸显出武昌发展的个性和魅力——从这个层面上讲，这套丛书的意义已经远远超出了文史资料的价值，它是武昌文脉的复现，为活化武昌文化遗产、树立武昌城市精神、提振市民精气神将作出独有的贡献。

丛书立足武昌历史根脉，突出武昌文化核心元素，在时间上自公元223年孙权建筑夏口城起至20世纪60年代，在空间上以武昌区现在的行政区划为主，分为“综合”“武昌人物”“武昌风物”“武昌景物”“武昌文物”和插画版“武昌指南”六个系列，将为武昌发展作出重大贡献的历史人物、影响历史进程的重大事件与武昌地域特色文化相结合，用群众喜闻乐见的语言讲历史故事、叙文化传统、说武昌古今。本书内容上具备理论高度、学术价值和思想深度，形式上明白晓畅，通俗易懂，能够激起读者情感共鸣，兼具历史性、时代性、知识性、可读性与权威性，可谓宣传推介武昌的集大成之作。

今天，武昌的经济体量已进入“千亿级”时代，站在新的起点，文化软实力正是提升我们综合竞争力和可持续发展能力的关键因素。习近平总书记说，“文化自信是一个国家、一个民族发展中更基本、更深沉、更持久的力量”，在建设创新型城区和国家中心城市核心区的征程上，我们更要“以古人之规矩，开自己之生面”，更要坚守中华文化立场，传承中华文化基因，展现中华审美风范。愿我们携起手来，共同努力，让传统文化与现实文化相融相通，让个体情感与集体情感同频共振，为新时代武昌的改革创新发展注入每一个人的家国情怀！

为策划、编纂和出版这套丛书，一大批专家学者以及许多市区老领导、政协委员都倾注了深厚的感情，为丛书的诞生奠定了坚实的基础，在此，由衷感谢他们为发展、延续武昌历史文化付出的巨大心血！

刘　洁

2018年12月

/序　二/
Preface

勤耕不倦，玉汝于成。历时三年，经过承编单位和各位专家学者、全体编辑人员坚持不懈的努力，《武昌历史文化丛书》6个系列38册图书全部编撰完成。此前，已有不少关于武昌历史文化方面的书籍出版，但大多只涉及某一角度或某一方面，唯有此套丛书全方位介绍了底蕴深厚、丰富多彩的武昌历史文化，多角度展示了武昌各时期的发展面貌，堪称集大成之作。

源远者流长，根深者枝茂。武昌城始建于公元223年，从魏晋至明清，都是历代县、郡、州、府乃至行省治所所在地，自古以来即为武汉地区的政治、经济、文化中心。受博大精深的荆楚文化滋养，武昌集书卷气与烟火味于一体，既是楚辞浪漫、黄鹤飘逸的千年历史文化名城，也是推翻帝制、创建共和的辛亥首义之地；既是绿水青山、生态宜居的滨江滨湖之城，也是经济领先、科教集聚的现代化城区，在中国历史上占有极为重要的地位。经历了惊心动魄的抗疫大战，武昌更加彰显出舍生忘死、勇往直前的英雄气概，焕发出浴火重生、淬炼成钢的蓬勃生机，展现了荆楚文化筚路蓝缕、开拓进取、自强不息的精神内涵。

《武昌历史文化丛书》本着高度的历史使命感，发扬严谨求实的优良传统，坚持政治性、思想性、艺术性相统一，从多个角度以不同专题讲述武昌历史的发展脉络，供读者鉴古知今、察往思来，从中获取智慧和力量。特别是最新编辑出版的《早期共产党人在武昌》等书，系统展示了这片革命热土上星罗棋布的红色文化资源，讲述了中国共产党在武昌艰辛而辉煌的峥嵘岁月，字里行间给人以强烈的思想启迪、精神激荡。每一个历史事件、每一位革命英雄、每一件革命文物，都展现了中国共产党的追求和梦想、情怀和担当、牺牲和奉献，生动诠释了武昌传承的红色基因、流淌的红色血液，无声地培育了我们共同的情感价值和理想追求，成为武昌文化软实力的重要组成部分，更是激励每个武昌人奋力拼搏新征程的强大力量源泉。

“风樯动，龟蛇静，起宏图。”当前正值“十四五”开局之年，“一带一路”倡议及长江经济带发展、中部地区崛起等多项国家战略纷纷聚焦湖北武汉，武昌正朝着建设更具认知度、识别度和美誉度的社会主义现代化城区加速奋进。从这一角度讲，《武昌历史文化丛书》的编辑出版正当其时，不仅传承和弘扬了地方优秀文化，守住了我们的城市根脉、个性与活力，而且能够强劲赋能提升城区品质和文化影响力，对推动武昌高质量发展具有重要且不可替代的作用。

不忘本来，方能开辟未来。武昌，有太多的故事值得述说，有太多的人物值得追忆，有太多的梦想需要延续。相信读者们翻开这套丛书，领略这片一百多平方公里土地的一山一水，品读这里历经了近1800年岁月的一街一巷，一定会深刻感受到其背后蕴含的人文情怀、价值追求和气质风范。最后，衷心感谢为丛书出版力笔勤耕、殚精竭虑的全体作者、专家委员会成员和武汉出版社的同志们！

余　松

2021年10月

序　三
Preface

酝酿已久的《武昌历史文化丛书》终于要正式出版了，作为一个历史工作者和这套丛书的专家委员会主任，我感到由衷的高兴，十分乐意借写序的机会，同大家分享一下我的几点感想。

第一，为什么要出版《武昌历史文化丛书》？

武汉三镇之中，当属武昌的历史最为悠久，早在春秋战国时期，楚国就在这一地区设有封君夏侯。三国时期，孙权将东吴政治中心迁鄂（今鄂州市），寓“以武而昌”之意，改鄂名为“武昌”，这是武昌之名的由来。公元223年，孙权在江夏山（蛇山）筑夏口城，从而开启了武昌古城的历史，至今已近一千八百年。从元代设湖广行省起至清末，武昌一直是省级大区域行政中心。北伐战争后，改武昌县为武昌市。1927年，武汉三镇在行政区划上正式统一为一市。1949年武昌解放后，成为中共湖北省委、省人民政府所在地，在1952年调整区划后，正式成立武昌区人民政府。

千百年来，武昌因其独特的地理区位，始终处于社会变革的最前沿，承载着中华民族波澜壮阔的历史变迁，书写着气势磅礴的历史画卷。武昌人文底蕴深厚。屈子行吟，崔颢题诗，李白唱和……近代以来，张之洞督鄂，兴实业，办教育，练新军，新旧学堂并起，东西文化交融，风气大开，武昌由此奠定了全省文化中心的地位，诚如张之洞题黄鹤楼楹联中云：“昔贤整顿乾坤，缔造先从江汉起；今日交通文轨，登临不觉亚欧遥。”武昌自然风光秀丽。东湖、沙湖、紫阳湖等，妩媚多娇；洪山、蛇山、珞珈山等，玲珑别致；黄鹤楼、宝通寺、长春观等，景色优美。山灵水秀，人文荟萃，让武昌成为最适宜居住的城区。

武昌历史悠久、文化厚重、科教区位优势明显，是武汉的城市文化名片，而《武昌历史文化丛书》正是一套向世人充分展示武昌这座历史文化名城的独特魅力和风采的作品。

第二，如何编好《武昌历史文化丛书》？

武昌是武汉文脉沉淀之地，积累了丰厚的文化资源，如黄鹤楼文化、辛亥首义文化、名人文化等，此前也有若干零星介绍武昌历史文化的图书，而这套丛书则是第一次全面系统梳理千年古城的历史文化、系统挖掘武昌历史文化资源的重要工程。

本丛书在整体设计上分为六个系列，形式新颖，内容全面，体系完整，时间上从公元 223 年至 1960 年代；空间上以现有武昌区行政区划为主，必要时以历史上的大武昌概念为界定，将为武昌发展作出重大贡献的历史人物、影响历史进程的重大事件与武昌地域特色文化相结合，激活武昌文化基因，展现真实、立体、全面的武昌，集中呈现武昌深厚的文化底蕴。

在作者的选择上，着重选择了对武昌历史文化素有研究的专家学者；在内容上，利用新史料，体现研究新成果，集历史性、权威性、知识性、可读性于一体；在形式上，采取图文并茂的形式。

第三，编撰《武昌历史文化丛书》的意义何在？

习近平总书记在党的十九大报告中指出："文化兴国运兴，文化强民族强。没有高度的文化自信，没有文化的繁荣兴盛，就没有中华民族伟大复兴。"只有对自身文化有高度的自信，才可能带来武昌的繁荣兴盛。在新时代下，启动这套丛书的编撰，既体现了武昌区委、区政府的远见，也可谓正逢其时。

该丛书既是在新时代第一次全面、系统挖掘武昌历史文化资源的重要文化工程，也是响应市委、市政府建设"历史之城、当代之城、未来之城"号召的实践成果，更是加快建设现代化、国际化、生态化大武汉，全面复兴大武汉的具体举措，功在当代，利在千秋。

本丛书立足武昌，深入挖掘其中所蕴含的思想观念、人文精神、道德规范，并结合时代要求继承创新，突出展示武昌最具特色的核心文化元素，集中挖掘城区的文化根脉，讲好武昌故事，传承历史文化记忆，对于传承武昌区优秀的历史文化、提升居民文化自信、推进城区文化建设具有重大的现实意义，必然成为武汉市打造国家中心城市和世界亮点城市规划中绚丽的一环。

关于学习历史的意义，习近平总书记在中央党校建校 80 周年庆祝大会暨 2013 年春季学期开学典礼上讲道："学史可以看成败、鉴得失、知兴替。"从武昌悠久、丰厚的历史文脉当中，我们也一定可以看清她的成败、得失、兴替，从而以更加清醒的头脑和更为厚重的历史感，借改革开放四十年的东风，更好地了解武昌、建设武昌、发展武昌。

是为序。

马　敏

2018 年 12 月于武昌桂子山

前　言
Forword

蛇山位于武昌古城之中心，西起长江边，与龟山隔江相守，形成龟蛇锁大江之天然门户，东抵大东门外双峰山，全长约4公里，面积约70公顷，贯通全城东西。蛇山是武昌古城之根，武昌古城历经了四个发展阶段，即夏口城、郢州城、鄂州城、武昌城，每一次城垣扩建，无不以蛇山为轴心向四周扩展，故蛇山既是古城垣遗址所在地，也是城邑文化的发源地。

山不在高，有仙则名。武昌蛇山，吕洞宾在此登仙，费祎在此修道成仙，黄鹤楼、仙枣亭、烂柯石等古迹传说皆与神仙相关。蛇山自黄鹄矶上建了黄鹤楼，由早先的军事瞭望哨逐步衍变为游览胜地。唐人崔颢的《黄鹤楼》诗起到了至关重要的作用，从而使武昌黄鹤楼名扬天下，历代文人墨客莫不以登临黄鹤楼为荣，“游必于是，宴必于是”。黄鹤楼不仅是武昌古城地标性建筑，更是人们借景抒怀的精神寄托，因此黄鹤楼屡毁屡建，愈建愈雄奇。

蛇山上也遗留了诸多的神话传说和名胜古迹，包括寺庙宫祠、亭台楼阁等历史建筑，虽因1956年建造长江大桥而遭拆除，但从文献记载中，从古诗词中，从老照片中，尚能看到当年的倩影。这些消逝的名胜古迹以及承载其上的历史文化内涵恰恰是武昌古城的文化底蕴，因为这些才是一座城市的灵魂。我们当重新发掘，编成故事，使之广为流传。

武昌古城得山水之灵气，历代都是州治府治所在地，历史悠久，人文荟萃，开放包容，兼收并蓄，中西融贯；分布于蛇山周围的官署、书院、会馆也构成了一道独特的城邑风景。随着历史的发展，城市的格局虽然发生了巨大的变化，许多古建筑消失殆尽，但这些古建筑的遗址还在，在地方志书或他人的文集中也有文字记载，我们对其进行收集整理，以故事的形式讲述一座山、一个城市的历史演变，知之愈多，爱之愈深，愈会对武昌古城心生敬意，愈想为这个城市作点应有的贡献。

本书分为蛇山与武昌古城、黄鹤楼故事、寺庙宫观、名人印迹、近现代建筑五篇，较全面地总结了与蛇山有关的故事及蛇山与武昌古城的关系。本书在写作过程中广泛参考了各种志书及研究著作，并结合个人六十余年来搜集整理的成果，希望本书能对读者诸君尤其是青少年朋友了解蛇山起到一点参考作用。

目　录 / Contents

第一篇 | 蛇山与武昌古城

武昌古城之根——蛇山

黄鹄山上黄鹤楼，守望武昌美名留。
欲知江城古今事，起点当数蛇山头。

蛇山是武昌古城之根。

公元 220 年，东汉灭亡。曹操之子曹丕废汉献帝自立，在洛阳称帝，国号魏，史称曹魏。公元 221 年，刘备在成都称帝，国号汉，史

“蛇山头”石刻

孙权像

称蜀汉。同年刘备率军顺长江东下，讨伐孙权，为关羽报仇。孙权西防刘备东进，北御曹操南侵，将都城从建业（今南京）迁到鄂县（今湖北省鄂州市鄂城区），并大兴土木营造宫城。《元和郡县图志》记载：“孙权故都城，汉将灌婴所筑。”孙权到鄂县后，不久就接受了魏文帝曹丕所赐的“吴王”封号，所以都城名曰“吴王城”。后又取“以武而昌”之义于公元 221 年改鄂县名为武昌，故此城又名武昌城，这就是武昌城的来历。今天的鄂州市是新鄂州老武昌，而今天的武昌区是新武昌老鄂州。

当时，武昌（今鄂州）周边无险可守，孙权为拱卫都城，于黄武二年（223 年），在长江上游 78 公里的东南江夏山北麓夯土筑城，南依

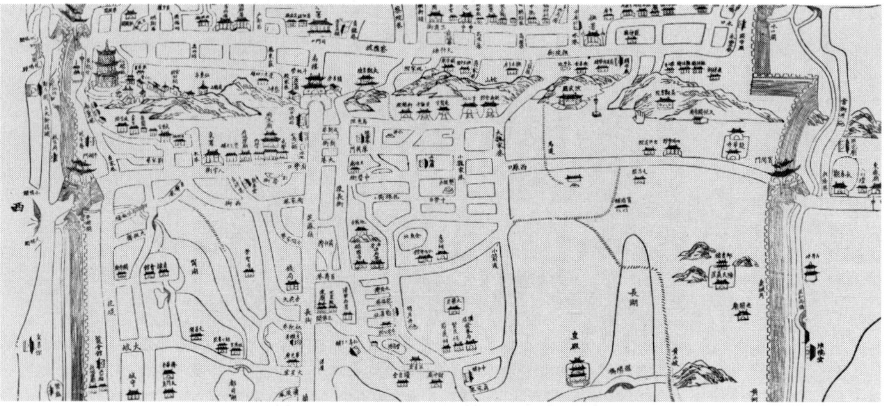

《1883 年湖北省城内外街道总图》蛇山一带

蛇山，北对沙湖，西临长江，东至今民主路横街头。因城正对夏水入江口，故取名夏口城。郦道元《水经注》记夏口城“依山傍江，开势明远，凭墉借阻，高观枕流”，在临江处的黄鹄矶上建有瞭望楼，因楼建在黄鹄矶上，故以地名称其楼为黄鹄楼，“鹄”与“鹤”两字相通，又俗称黄鹤楼。夏口城因战争需要而建，是魏、蜀、吴三国争战之战略要地。吴主孙权多以宗室率军镇守，其军事地位十分显要，城为战守，楼为瞭望。夏口城为武汉第一座有明确纪年的古城。

三国时期，蛇山称江夏山，又名紫竹岭。北魏时称黄鹤山，宋朝称石城山，元朝时称长寿山，明朝时被誉为金华山和灵山。其间，以蛇山为山名，出自南宋诗人陆游的《入蜀记》中“缭绕为伏蛇”，故后世多称蛇山；至清乾隆《江夏县志》已有蛇山之名；1909 年《湖北省城内外详图》正式标注为蛇山。蛇山由西至东各段又有各自的山名，依次为黄鹄山、殷家山、黄龙山、芝麻岭（蔡东山）、大观山、高观山、棋盘山、西山，纵贯全城。蛇山全长约 2790 米（从江边黄鹄矶至司门口长约1000 米，司门口至大东门长 1790 米），山体宽 50 至 70 米，最高点海拔 85 米，北面陡峭，南面平缓。历史上建有亭台楼阁 20 余处，以黄鹤楼最为驰名。崔颢、孟浩然、李白、王维、陆游等历代名人曾登山游赏，吟诗作赋，留下“黄鹤一去不复返，白云千载空悠悠”“寒花媚幽石，疏林带高阁”等名句。黄鹤楼成为武汉标志性建筑，“白云黄鹤”也成为江城武汉的代称。

到了现代，则有“龟蛇锁大江”之称，这个概念是怎么形成的呢？相传源于明永乐年间。明洪武三十一年（1398 年）朱元璋驾崩，长孙建文帝即位后，采取削藩政策，危及燕王朱棣利益。朱棣便以“清君侧”的名义，兴“靖难之师”抢班夺权。为安抚民心，他自称真武大帝下凡，永乐十年在武当山大修庙宇，供奉龟蛇玄武，奉武当真武神为明皇室护国家神。玄武是传说中主司风雨的北方水神，龟蛇是玄武精神的化身，也是玄武的两个爱将。而大别山与黄鹄山恰似龟蛇扼守武汉长江门户，湖广巡抚王俭为迎合朱棣，遂倡议改大别山为龟山、黄鹄山为蛇山。从此龟山蛇山的名字渐渐叫响。

龟蛇锁大江

蛇山与郢州城

公元420年，刘裕逼迫晋恭帝司马德文禅位，自立称帝，国号宋，史称刘宋，历史进入南北朝时期。公元421年9月，刘裕命大臣张伟携毒酒，前去秣陵鸩杀司马德文。张伟本是晋官，不忍谋害故主，完不成任务必然是死罪，回去也无法交代，左思右想，最终还是自己将毒酒喝了，从此一了百了。刘裕听到有这样的事发生，不禁大怒，又命亲兵去鸩杀司马德文，亲兵都是刘裕信得过的人，能服从上司的命令，去了就逼司马德文喝毒酒，司马德文哀求："佛说，人凡自杀，转世不能再投人胎。"亲兵见他敬酒不吃吃罚酒，也不再跟他啰嗦，便一把将他按在床上，用力将其扼死。此后，前朝废帝被杀几乎成为一种惯例，无一幸免。几十年后，刘裕的后代也重蹈覆辙，13岁的宋顺帝刘凖被迫禅位于萧道成。

宋孝建元年（454年），孝武帝刘骏把荆、湘、江、豫4州中的8郡划出设置郢州，以削弱方镇势力，郢州州治即设在夏口城内。《南齐书》卷十五《州郡下》载："夏口城据黄鹄矶，世传仙人子安乘黄鹄过此上也。边江峻险，楼橹高危，瞰临沔、汉，应接司部。宋孝武置州于此，以分荆楚之势。"刘宋孝建元年将夏口城改名为郢州城，置州于此，衙门的级别上升到州府，并非城垣范围扩大。大概在齐梁时期，在夏口

蛇山上的郢州城遗址

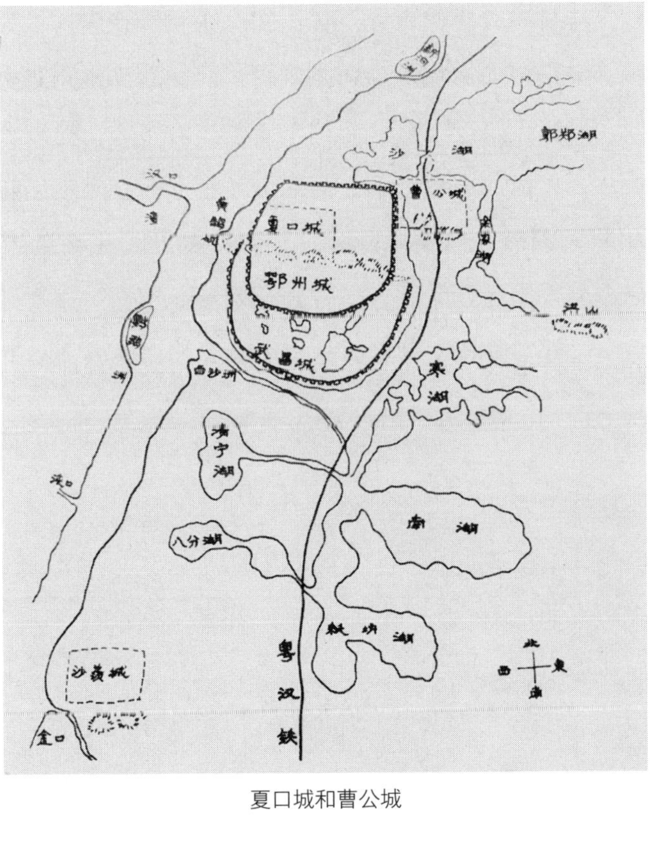

夏口城和曹公城

城的基础上对城垣进行了修葺和扩建，当时的城垣都是夯土垒起来的，尚无砖城。如今黄鹤楼至高观山脊上有一段硬土埂，就是郢州城的城垣残迹。郢州城究竟有多大呢？东至小东门，西邻黄鹤楼，南依蛇山脊，北抵中华路，存续时间长达 135 年。

梁将曹景宗攻打郢州城时，在紫金山与小龟山北筑土石城堡，此堡北临沙湖，南距郢州城约二里，后人称为“曹公城”。

公元 501 年三月十一日，南康王萧宝融在江陵即位成为齐和帝，和建康的齐炀帝萧宝卷成为对立的君王。双方的战事直到六月还保持僵持状态。鲁山（今龟山）缺乏粮食，军人在矶头捕捉小鱼当食物，并秘密安排轻便小船，打算投奔夏口。萧衍派出一支偏军断了他们的退路。七月二十五日，接替病故房僧寄守卫鲁山的孙乐祖穷途末路，只好举城投降。两天后，齐炀帝任命程茂为郢州刺史，薛元嗣为雍州刺史。郢州城被包围初期，城里人口近十万。闭门坚守了二百多天，瘟疫流行，城里死人十之七八；尸体都堆积床下，而活人睡在上头，家家如此，惨不忍睹。程茂和薛元嗣等人商议出降时，让张冲的儿子张孜给萧衍写投降书。萧衍任命韦睿为江夏太守，代行郢州事务。韦睿一边安排人收埋城里的死者，一边好言安抚幸存者，这样才使郢州百姓放下心来。

黄鹄山下鄂州城

夏口城、郢州城以至鄂州城，究竟修建在何处呢？北魏郦道元《水经注·江水三》载："黄鹄山东北对夏口城，魏黄初二年，孙权所筑也。依山傍江，开势明远，凭墉借阻，高观枕流，上则游目流川，下则激浪崎岖，实舟人之所艰也。对岸则入沔津，故城以夏口为名，亦沙羡县治也。"这段记载，说明夏口城在黄鹄山的东北面山下，一面靠山，一面傍江，地势平坦开阔，借山和江为屏障。

唐宋时期的鄂州城为东南巨镇，其造船业颇具规模，工商业相当繁盛。唐广德元年（763年），特授侍御史穆宁为鄂州刺史兼鄂岳沔都团练

唐代黄鹤楼模型

今天的紫阳湖

使及淮西鄂岳租庸盐铁沿江转运使，镇江夏（鄂州所），以总东南贡赋。穆宁在任期间，拓展了武昌的港口功能，促进了造船业的发展。广德元年十二月一次大风，火发江中，焚毁船只 3000 余艘，足见港口船只林立。唐代后期，朝廷又在鄂州治所设铸铁监，所铸开元铜钱，每文重 1 钱，正面铸有“开元通宝”4 字，系欧阳询所书，全国流通。唐会昌六年（846 年）为增加财政收入，朝廷敕部分地区“置官沽酒”，鄂州实行酒类官卖。

唐宋以前称黄鹄山南为“鄂渚”，渚者，水中小块陆地。《舆地纪胜》记载，鄂渚在江夏西黄鹄矶上（上游）三百步，隋改郢州为鄂州，此地因渚而名。唐宋以后，改称鄂渚为南湖，此时南湖是一个湖泊群，湖泊之间亦有陆地，外与江通。唐之前这里是一片荒湖。中唐以后，坊市制度放宽，许多州、县治所之外纷纷涌出集市，名称草市。其时，在黄鹄山南的南湖高地，修筑了一条与江平行的长堤，既可防止江水灌入内湖，又可供人居住，不久长堤旁边便形成一条长街，这就是鄂州城外的南草市。《舆

陆游像

地纪胜》记载：“南湖外与江通，长堤为限，长街贯其中，四旁居民蚁附。”这条长堤大概就是今武昌解放路解放桥至杏花天这一段。随着街巷越来越多，南湖水面逐渐缩小，今天的紫阳湖即古南湖之遗存。

关于南市，范成大《吴船录》有载：“午至鄂渚，泊鹦鹉洲前南市堤下。南市在城外，沿江数万家，廛闬甚盛，列肆如栉，酒垆楼栏尤壮丽，外郡未见其比。盖川、广、荆、襄、淮、浙贸迁之会，货物之至者无不售，且不问多少，一日可尽，其盛壮如此。”陆游《入蜀记》也写：“市邑雄富，列肆繁错，城外南市亦数里。”随着南市的发展，宋代还在黄鹄山上修了一座南楼，面对南湖和南市，成为登临赏景之首选地。范成大《鄂州南楼》诗云：“汉树有情横北渚，蜀江无语抱南楼，烛天灯火三更市，摇月旌旗万里舟。”陆游《入蜀记》还写道：“下瞰南湖，荷叶弥望，中为桥，曰广平。其上皆列肆，两旁有水阁极佳。”可见南市之繁华。

牛僧孺扩建鄂州城

牛僧孺生于唐代宗大历十四年（779 年），是一位载诸正史的人物。他一生经历了代宗、德宗、顺宗、宪宗、穆宗、敬宗、文宗、武宗、宣宗九个皇帝。唐德宗贞元二十一年（805 年），牛僧孺中进士，步入仕

牛僧孺像

唐宪宗像

林。一旦进了官场，便有机会看到朝廷腐败政治的一些内幕。公元 808 年，唐宪宗制举贤良方正科特试，举人牛僧孺、李宗闵在策对中痛陈时政，其胆略见识为考官所赏识，成绩被列为上等，并推荐给宪宗。宰相李吉甫听闻此事，见牛僧孺、李宗闵揭了自己的短，分明于己不利，遂在宪宗面前说牛李二人与考官有私交。宪宗偏信，便把几个考官降了职，牛僧孺和李宗闵也没被录取。此事导致朝野哗然，大臣们争相为牛僧孺等人鸣不平。迫于压力，李吉甫出镇淮南，授检校兵部尚书、中书侍郎、同平章事、淮南节度使，朝廷另任命宰相。

元和七年（812 年），李吉甫死后，牛僧孺才得以重用，被提拔为监察御史、礼部员外郎。唐穆宗长庆三年（823 年），牛僧孺入相。宝历元年（825 年），唐敬宗命宰相牛僧孺出任鄂州刺史、武昌军节度使，领鄂、岳、蕲、安、申、光等 6 州。时江夏原有土城年年报筑修治，劳民伤财，有鉴于此，牛僧孺花了 5 年时间，将土城改为砖城，以城墙砖扩建鄂州城垣，使城垣向北、东、南三面扩展，北临沙湖，东至小东门，南抵紫阳湖，城垣周长 15 里。这是武昌古城第一次较大规模的扩建，使整座蛇山变成了城中心。牛僧孺在鄂 6 年，裁撤冗员，整肃吏治，减轻民赋，颇有政声。其间，他奏请废沔州，并汉阳、汉川于鄂州，开始将汉阳、江夏纳入同一行政区，首次形成两岸合一的行政建制，为以后鄂州商贸、文化繁荣打下了良好的基础。

牛僧孺业余爱好收藏奇石，他与白居易有深交，经常一起品石作文。白居易于会昌三年（843 年）五月撰《太湖石记》，阐述了藏石赏石的理论与方法：今丞相奇章公嗜好奇石。石头无字无声，无气无味，跟书、琴、酒不相同，而牛公却嗜好，是何原因呢？昔故友李生约说过："苟适吾志，其用则多。"诚哉斯言，适意而已。公之所嗜，可知之矣。公在河洛做司徒时，治家身无长物，只有城东购置一宅，城南郭一别墅，像宫宇一样精心修葺，谨择宾客，不随便附和，空闲的时候与石为伍。石头也有类别，太湖石是甲等，罗浮石、天竺石之类次焉。现在公所喜爱的是甲等。此前，公手下的官员，多镇守于各地，知道公的心中只有奇石是他的喜好，因而广为搜寻，把奇珍瑰宝的石头送给他，四五年间，不断有人送来。公丁此物，独不谦让，在他城东宅和城南别墅，分门别类地摆放，他收藏的奇石何等丰富啊！我曾与公细观这些太湖石，面对面地切磋，这是造物主有意所为吗？是混沌凝结偶然而成的吗？然而自从石头形成以来，不知经过了几千几万年。这些太湖石有大有小，分作四等，以甲乙丙丁品之，每品又分上中下，分别刻石背面，例如"牛氏石甲之上、丙之中、乙之下"等等。

噫！这些石头，千百年后散失在天地之间，转来移去，或隐或现，谁还知道这些石头呢？欲使将来与我同好者，睹斯石，览斯文，知公嗜石之原因。

城中之城楚王府

洪武三年（1370 年）朱元璋遍封皇子，封第六子朱桢为楚王，次年开始在武昌高观山兴建楚王府，历时 9 年，于 1379 年竣工。楚王府内遍筑宫殿、楼阁及水榭庭院、堂库、宗庙等，周围垒石为城，高二丈九尺，号称王城，东抵阅马场，西邻长街（今解放路），南临大朝街

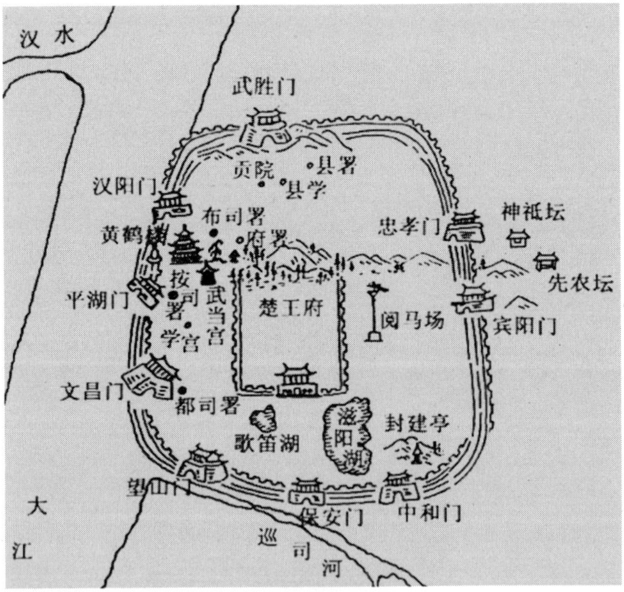

明代楚王府位置示意图

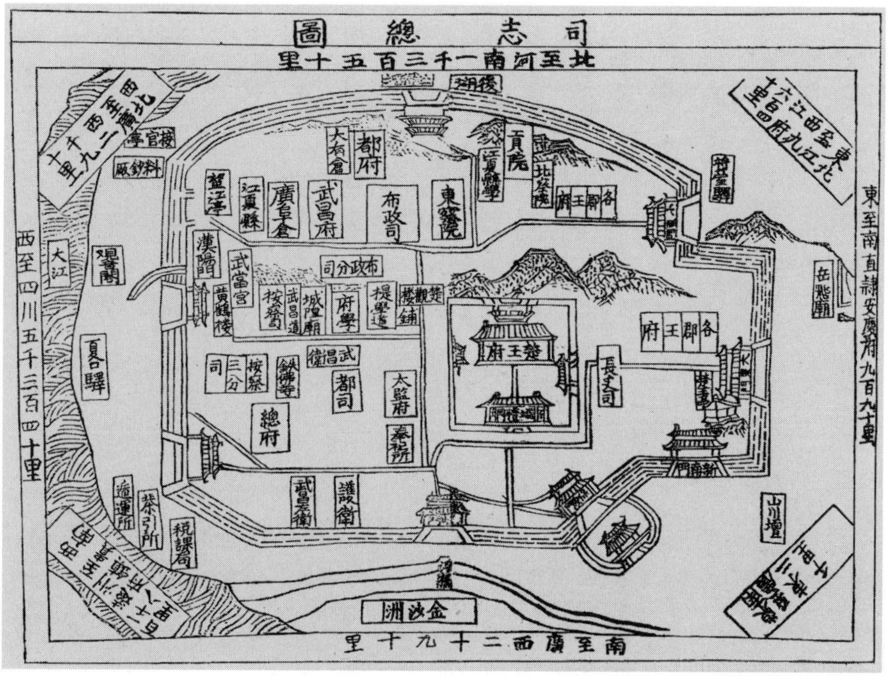

（明）嘉靖《湖广图经志书》中的楚王府

（今复兴路），北倚蛇山，坐北向南，东西宽二里，南北长四里。《明太祖实录》卷之一百二十七称：洪武十二年十一月“甲寅（1379 年 12 月 20 日），燕府营造讫，工绘图以进。其制：社稷、山川二坛在王城南之右；王城四门，东曰体仁，西曰遵义，南曰端礼，北曰广智；门楼廊庑二百七十二间；中曰承运殿，十一间；后为圆殿，次曰存心殿，各九间；承运殿之两庑为左、右二殿；自存心、承运周回两庑至承运门，为屋百三十八间；殿之后，为前、中、后三宫，各九间；宫门两厢等室九十九间；王城之外周垣四门，其南曰灵星，余三门同王城门名，周垣之内堂库等室一百三十八间；凡为宫殿室屋八百一十一间。”此说明了王府的规制。而楚王府正殿基高六尺九寸，正门、前后殿、四门城墙饰

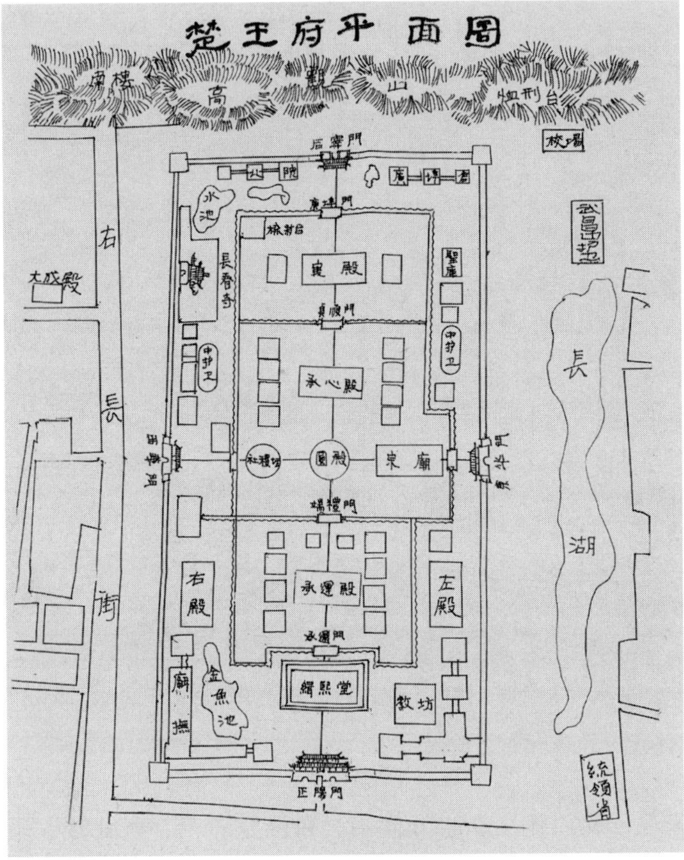

楚王府平面图

以青绿，廊房饰以青黛。四城正门涂以丹漆，金涂铜钉，豪华壮观，犹如皇宫，楚王府几乎占了半个武昌城。1381 年，朱桢就藩。

从朱桢起，楚王世系传九代，形成庞大的王族。楚王府及其王族在二百多年的封建统治中，成为武昌的特权阶层。历代楚王死后，皆葬于江夏区灵泉山楚王陵。在楚王陵世居一支朱桢的后裔，他们自称守陵人，有完整的朱氏家谱。

蛇山上有望儿台，又称“龙床台”，其址在楚王府后高观山凤凰窝

（今白云阁所在地），今人多有不知。相传第九代楚王朱华奎是恭王妃的兄长王如言之子，从小抱养在宫中，袭爵位被封为第九代楚王。宗人朱华越向朝廷告发朱华奎不是恭王的亲生子。此事非同小可，血脉传承可是天大的事情，明神宗立马下诏“勘楚”，要查清朱华奎与皇家的血脉关系，审查期间把朱华奎囚禁在凤凰山下的贡院内。王母思儿心切，常到高观山凤凰窝一土堆上遥望朱华奎关押处，后人便把这个地方称为“望儿台”。在楚王府的遗址内还存有“梳妆台”，就在彭刘杨路省水产局的大院内。

崇祯十五年（1642 年）左良玉纵兵淫掠江夏城及白沙洲一带，屠杀平民以冒功。其后又两次大掠江夏。崇祯十六年（1643 年）春，张献忠经武胜门攻破武昌城，明朝官员弃城而逃，张献忠放火烧毁楚王府，杀尽楚宗室。张献忠自称“大西王”，改武昌为“天授府”。

楚王府梳妆台遗址

周德兴筑武昌城

周德兴，濠州人，和太祖朱元璋是同乡，少年时就相识。他追随朱元璋出生入死，屡立战功，晋升为左翼大元帅、指挥使、湖广行省左丞。他平定广西，功劳显赫，洪武三年（1370 年）被封为江夏侯，年

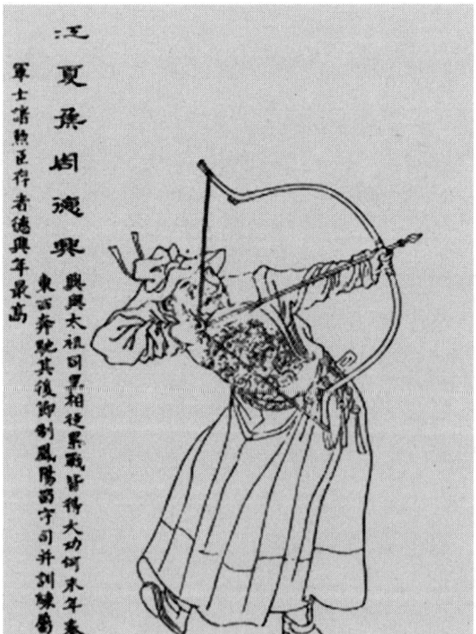

周德兴像

蛇山上的武昌城墙

食禄一千五百石。当年，慈利土酋覃簇联合茅冈诸寨作乱，长沙侗苗都被煽动。太祖任命周德兴为征南将军，率领部队讨伐平定。第二年征讨蜀地，周德兴协助汤和为征西左将军，攻克保宁。平蜀后论功行赏，太祖认为汤和的功劳皆为周德兴所为，故奖赏周德兴，而训斥了汤和。此后，周德兴又参与几次征蛮战争，出师南宁，平定婪凤、安田诸州蛮，攻克泗城州，屡立战功，功劳在其他诸将之上，所得到的奖赏也是其他大将的数倍，又命其署中立府，行使大都督府事的职权。周德兴堪称朱元璋的左膀右臂，又是太祖老乡，其官邸超出了规制，眼红的人多了去，立马便有人告他的恶状，然而太祖诏告宽宥了他。

打完了仗，国家得以安定，朱元璋于全国要冲建立藩国，分封诸王以为屏障，第六子朱桢为楚王，驻藩武昌。武昌城始建于洪武四年，监修武昌城的便是开国功臣、江夏侯周德兴。他按王城的规模和形制，花九年时间，将鄂州城增拓改建成了一座大型城池。主要城墙向蛇山南扩展，不仅将蛇山圈在了武昌城内，还把紫阳湖、长湖、歌笛湖、西湖、都司湖都圈进了城垣内。城周20里，东南高3丈1尺，西北高3丈9尺，共开9门，东有大东门、小东门，南有新南门、保安门、望泽门，西有竹簰门、平湖门、汉阳门，北有草埠门。1535年，都御史顾璘改大东门为宾阳门，小东门改为忠孝门，新南门改为中和门，望泽门改为望山门，竹簰门改为文昌门，草埠门改为武胜门。西临大江，东、南、北均有壕堑。下至清代，经7次修葺，规制大体依旧。至1927年拆除时，武昌城垣存世556年。

洪武十八年（1385年），楚王朱桢讨伐思州五开蛮，任命周德兴为副将军。周德兴在楚地的时间较长，所用都是楚地的士兵，威震蛮中。他平定武昌等十五卫，年练兵四万四千八百人，修建荆州岳山坝用以灌溉农田，年增官租四千三百石，楚人歌颂他的功德。后来太祖对他说："福建的功业没有完成，你虽然老了，尚可勉强为我前往。"周德兴到了闽地，按照户籍征兵操练，收编民兵十万余人，在要害地区筑城十六座，设置巡司四十五个，完备了海上的防御措施。

第二篇 | 黄鹤楼故事

黄鹤楼得名

20 世纪 60 年代中期，武汉流传一个民间故事：有来自河南、湖北、四川的三个人，他们在酒馆吹牛皮，河南人说：“河南有个开封塔，离天只有一丈八。”四川人说：“四川有座峨眉山，离天只差三尺三。”湖北人说：“湖北有个黄鹤楼，半截伸在天里头。”

远眺黄鹤楼

宋代界画《黄鹤楼》

三国归晋以后，黄鹤楼的军事价值逐渐消失，并随着江夏城的发展，逐步演变成游览胜地。黄鹤楼游人如织，名人墨客常到楼里聚会、宴客、赋诗。崔颢、李白、白居易、贾岛、夏竦、陆游等，都曾到这里游览，并留下诗词和题联。传说在崔颢写下《黄鹤楼》七律之后的某日，李白也来到了鄂州，乘兴登上了黄鹤楼，远眺汉阳城、鹦鹉洲，一时兴起，欲作诗一首。当读到崔颢这首《黄鹤楼》题诗后，李白为之敛手道："眼前有景道不得，崔颢题诗在上头。"竟搁笔而去。元人辛文房《唐才子传》记载了这则小故事。经清代学者考证，李白搁笔实无其事，其传闻据说是："李白过武昌，见崔颢黄鹤楼诗，叹服不复作。去而赋金陵凤凰台。其后禅僧用此事做一偈：'一拳捶碎黄鹤楼，一脚踢翻鹦鹉洲。眼前有景道不得，崔颢题诗在上头。'原是借此一事设词，非太白诗也。流传之久，信以为真。"

黄鹤楼（摄于清代）

黄鹤楼因何得名，史书载，此楼因建在黄鹤矶上，仙人子安乘黄鹤到此休憩而得名。民间传说是，辛氏在黄鹤山下以沽酒为业，虽本小利微，但他为人忠厚，乐善好施，有一衣着褴褛的道士常来酌饮，辛氏并不索要酒钱，道士临别时，随手用橘皮在墙上画了只黄鹤，告之酒客拍手它即下来起舞助兴。此后店里宾客盈门，辛氏也因而累积了巨额财富。十年之后，道士又来到此地，吹起玉笛，跨鹤仙游去了。辛氏为纪念这位仙翁，就在山上建了黄鹤楼。

五代至北宋后期，登临黄鹤楼赋诗作文成为文人的一大雅事。宋真宗时礼部尚书张咏《登黄鹤楼》“重重轩槛与云平，一度登临万想生。黄鹤信稀烟树老，碧云魂乱晚风清”，赞叹黄鹤楼的规模与气势。今人可从宋代界画《黄鹤楼》看到，其时黄鹤楼坐落于子城的高台之上，是建筑群体，楼与城垣之间有台阶相连，以供游人登临游览。

元末黄鹤楼被毁后，又于明初重建。明洪武到永乐年间，诗坛涌现大量咏黄鹤楼的作品。嘉靖继位后，大量起用湖北人才，武昌城成为达官显贵频顾之地。地方官为接待达官显贵，把黄鹤楼当作了国宾楼，故黄鹤楼每次被毁都能很快得到修复。成化、嘉靖、隆庆、万历年间皆有重修。清代黄鹤楼经历三次毁灭性的火灾，八次重建或修葺，分别是在 1656 年、1664 年、1674 年、1702 年、1722 年、1736 年、1796 年、1868 年。最后一次重建时，“楼凡三层，计高七丈二尺，加铜顶九尺，共成九九之数。柱周六七尺以上者四十八楹为地基，周径长二十丈有奇，宽八丈有奇，楼八面，各宽四丈五尺。上供吕祖像，仍其旧也。”光绪十年（1884 年）八月初四晚，汉阳门外一座骨货作坊意外失火，施救不及，导致黄鹤楼在大火中化为灰烬。

清代光绪年间黄鹤楼焚毁后剩下的铜顶

崔颢与黄鹤楼

黄鹤楼成为天下名楼始于唐代，我们特别要感谢一人，就是唐人崔颢，严羽《沧浪诗话》记：“唐人七言律诗，当以崔颢《黄鹤楼》为第一。”黄鹤楼、岳阳楼、滕王阁谓之江南三大名楼，黄鹤楼出名因唐人崔颢《黄鹤楼》一诗，岳阳楼出名因北宋范仲淹《岳阳楼记》，滕王阁出名因唐人王勃《滕王阁序》。诗以楼名，楼以诗传，是诗人赋予了楼的文化内涵。

崔颢何许人也？唐朝著名诗人，汴州（今开封）人，开元十一年（723 年）进士，宦海浮沉终不得志，早期诗作多写闺情和妇女生活，少年为诗流于浮艳，“(颢）行履稍劣，好博嗜酒，娶妻择美者，稍不惬即弃之，凡易三四。”（辛文房《唐才子传》）相传北海太守李邕闻崔颢诗名，虚舍邀之，颢至献诗：“十五嫁王昌，盈盈入画堂。自矜年最少，复倚婿为郎。舞爱前溪绿，歌怜子夜长。闲时斗百草，度日不成妆。”邕叱曰：“小儿无礼。”不予接而去。这可真是话不投机半句多，李邕比崔颢年长 26 岁，对崔颢所写的“十五嫁王昌”闺房乐诗甚为反感。

《黄鹤楼》是崔颢中年漫游鄂州时所作：

崔颢题诗图

昔人已乘黄鹤去，此地空余黄鹤楼。
黄鹤一去不复返，白云千载空悠悠。
晴川历历汉阳树，芳草萋萋鹦鹉洲。
日暮乡关何处是，烟波江上使人愁。

此诗意境开阔、气魄宏大，歌咏了黄鹤楼优美的神话传说，展示了登楼远眺的壮阔景色，清新自然，幽深雄浑，借景抒发了鹤去楼空的寂寞和个人不得志的哀愁，激昂豪放，动人心魄，使人怅惘不已。诗人后期以边塞诗为主，诗风大为转变，雄浑奔放，慷慨豪迈，反映边塞的戎旅之苦，歌颂戍边将士的勇猛，抒发报国赴难的豪情壮志，风骨凛然。例如《古游侠呈军中诸将》：

少年负胆气，好勇复知机。
仗剑出门去，孤城逢合围。
杀人辽水上，走马渔阳归。
错落金锁甲，蒙茸貂鼠衣。
还家且行猎，弓矢速如飞。
地迥鹰犬疾，草深狐兔肥。
腰间带两绶，转眄生光辉。
顾谓今日战，何如随建威。

崔颢曾担任许州扶沟县尉，官位一直不显，后游历天下，天宝九载前后曾任监察御史，官至司勋员外郎。他秉性耿直，才思敏捷，其作品《全唐诗》收录诗四十二首，原集已佚，有辑本《崔颢集》二卷。

李白与黄鹤楼

唐李阳冰《草堂集序》载："李白，字太白，陇西成纪人，凉武昭王暠九世孙。蝉联圭组，世为显著。中叶非罪，谪居条支，易姓为名，然自穷蝉至舜，五世为庶，累世不大曜，亦可叹焉。神龙之始，逃归于蜀，复指李树而生伯阳。惊姜之夕，长庚入梦，故生而名白，以太白字

李白像

孟浩然像

之。”隋朝末年，李白祖先被贬谪西域碎叶城，即李白的出生地。5 岁时随父回绵州昌明（今四川江油），在昌明生活 20 年。25 岁仗剑去国，辞亲远游，在金陵（今南京）他遇见了同在金陵游历的孟浩然。

两年后，李白来到湖北安陆，与当朝宰相许圉师之孙女相识并入赘许家。开元十六年（728 年），李白听说孟浩然要取道江夏去扬州，于是相约在江夏见面。在黄鹤楼为孟浩然饯行，这是李白第一次登黄鹤楼，并为此写了一首《黄鹤楼送孟浩然之广陵》：

故人西辞黄鹤楼，烟花三月下扬州。
孤帆远影碧空尽，唯见长江天际流。

开元二十二年（734 年），李白第二次登上黄鹤楼，这一次陪他登楼的友人没有留下姓名，李白也写了一首《江夏送友人》：

雪点翠云裘，送君黄鹤楼。
黄鹤振玉羽，西飞帝王州。
凤无琅玕实，何以赠远游。
裴回相顾影，泪下汉江流。

此时李白尚居安陆，仕途颇不得志。不久夫人病故，嗣后李白也离开了安陆。他在安陆居住了 10 年之久。

安史之乱中，李白因永王李璘事件受到牵连，以“附逆”之罪名流放夜郎。

这一年是新皇帝肃宗登基的第二年。历朝历代，刚刚登基的皇帝立足不稳，正处在敏感时期。作为他的兄弟们，是最危险的，稍有不慎，就是谋反的罪名。肃宗一看永王李璘擅自跑到别的王的地盘上去了，立刻定性为叛乱，于是调集了几支人马，包括李白的老朋友高适，一起围剿永王。

李白当时在庐山隐居，竟然也跑到永王李璘的幕府里去了。尽管他后来写诗自辩：“空名适自误，迫胁上楼船。……中夜四五叹，常为大国忧。”但这种自辩是洗脱不了自己的罪名的。李白在流放的途中，遇皇帝大赦天下，便回到江夏，有位姓史的郎中陪伴他。乾元二年（759 年）某天，他们听到黄鹤楼上有人吹笛，引起李白伤感，遂写下了《与史郎中钦听黄鹤楼上吹笛》：

一为迁客去长沙，西望长安不见家。
黄鹤楼中吹玉笛，江城五月落梅花。

此诗第一句就用了贾谊的典故。贾谊因指责时政，受到权臣的谗毁，贬官长沙；而李白也因永王李璘事件受到牵连，被加以“附逆”的

搁笔亭

罪名流放夜郎，故李白用贾谊的不幸来比喻自身的遭遇，间有自我辩白之意。这是李白第三次上黄鹤楼。武昌蛇山留下了许多有关李白的传说和遗址，有搁笔亭、太白亭、李白读书处等。

唐肃宗乾元二年，在江夏逗留的李白遇见了长安故人、当时任南陵县令的韦冰。刚遇大赦，又骤逢故人，悲喜交加，不能自已，遂写了《江夏赠韦南陵冰》这首沉痛的抒情诗：

胡骄马惊沙尘起，胡雏饮马天津水。
君为张掖近酒泉，我窜三色九千里。
天地再新法令宽，夜郎迁客带霜寒。
西忆故人不可见，东风吹梦到长安。
宁期此地忽相遇，惊喜茫如堕烟雾。

玉箫金管喧四筵，苦心不得申长句。
昨日绣衣倾绿尊，病如桃李竟何言。
昔骑天子大宛马，今乘款段诸侯门。
赖遇南平豁方寸，复兼夫子持清论。
有似山开万里云，四望青天解人闷。
人闷还心闷，苦辛长苦辛。
愁来饮酒二千石，寒灰重暖生阳春。
山公醉后能骑马，别是风流贤主人。
头陀云月多僧气，山水何曾称人意。
不然鸣笳按鼓戏沧流，呼取江南女儿歌棹讴。
我且为君捶碎黄鹤楼，君亦为吾倒却鹦鹉洲。
赤壁争雄如梦里，且须歌舞宽离忧。

乾元二年秋李白写有《江夏寄汉阳辅录事》，其《泛沔州城南郎官湖诗序》云："席上文士辅翼，岑静以为知言。"辅翼即汉阳辅录事。时襄州将康楚元、张嘉延据州作乱，辅录事等为防其南袭，故正在练习水军。《江夏寄汉阳辅录事》描写了江夏、汉阳一江之隔，但友人难见，诗人报国无门，按剑徘徊，一幅失意形象跃然纸上：

谁道此水广，狭如一匹练。
江夏黄鹤楼，青山汉阳县。
大语犹可闻，故人难可见。
君草陈琳檄，我书鲁连箭。
报国有壮心，龙颜不回眷。
西飞精卫鸟，东海何由填。
鼓角徒悲鸣，楼船习征战。

抽剑步霜月，夜行空庭遍。
长呼结浮云，埋没顾荣扇。
他日观军容，投壶接高宴。

唐肃宗上元元年（760年）春，李白又登黄鹤楼，俯瞰鹦鹉洲，思绪万千，写下了一首七律《鹦鹉洲》：

鹦鹉来过吴江水，江上洲传鹦鹉名。
鹦鹉西飞陇山去，芳洲之树何青青。
烟开兰叶香风暖，岸夹桃花锦浪生。
迁客此时徒极目，长洲孤月向谁明。

此诗虽然写鹦鹉洲，却是吊古伤今，慨叹祢衡才高命蹇，也抒发了诗人抱负不得施展的悲愤之情；借鹦鹉洲的春景以及祢衡的悲惨遭遇，道出了自己饱经颠沛流离的孤寂心情。全诗意境浑融，情感深沉，体现了李白晚年诗风的变化。

此外，李白还写有《送储邕之武昌》。詹锳《李白诗文系年》云，此诗于唐肃宗上元元年春李白游巴陵所作。

送储邕之武昌

黄鹤西楼月，长江万里情。
春风三十度，空忆武昌城。
送尔难为别，衔杯惜未倾。
湖连张乐地，山逐泛舟行。
诺为楚人重，诗传谢朓清。
沧浪吾有曲，寄入棹歌声。

唐肃宗上元元年春，李白流放途中遇赦归来之后，仍然过着流浪生活，个人抱负无以施展，心情苦闷，面对黄鹤山，写下《望黄鹤山》一诗，表达了潜伏心底的隐逸思想：

望黄鹤山

东望黄鹤山，雄雄半空出。
四面生白云，中峰倚红日。
岩峦行穹跨，峰嶂亦冥密。
颇闻列仙人，于此学飞术。
一朝向蓬海，千载空石室。
金灶生烟埃，玉潭秘清谧。
地古遗草木，庭寒老芝术。
蹇予羡攀跻，因欲保闲逸。
观奇遍诸岳，兹岭不可匹。
结心寄青松，永悟客情毕。

孔尚任像

清代戏曲作家孔尚任，康熙南巡时为国子监博士，累迁户部主事、广东清吏司员外郎等职，康熙三十九年（1700 年）罢官。翌年来武昌探望朋友，多次题咏于黄鹤楼，想起崔颢题诗竟使李白搁笔的典故，因无遗迹纪念而颇感遗憾，遂将附近一小亭命名为“搁笔亭”并为之赋诗。题搁笔亭四首有序：

黄鹤楼在黄鹤矶头，其名虽久，实显于崔司勋之诗。李太白惊见崔诗，捶碎黄鹤楼，不能出一语，曰：“眼前有景道不得，崔颢题诗在上头。”遂搁笔而去。是以崔之诗名，又显于太白。后世盛传白云、黄鹤之句。而指昔人为吕仙事，已误矣；至于太白遗迹，竟未有及之者，更一缺事！闻旧有太白堂，一廊直通楼下，规模甚壮，今改为亭，且与涌月台、白云楼三层连排，皆去其额。游者历阶而过，不知此为何迹也。予徘徊亭下，遍读近人之诗，因口占四绝，书之粉板，并拟亭名于诗前，特为此地补此缺事，且以知天下名山胜境，皆显于落拓之文人，而太白旷世逸才，乃能虚怀善服，其谦德尤为可传云。

题搁笔亭四首诗内容如下：

其一

崔颢吟成绝妙辞，不因捶碎世谁知。
青莲让美空叉手，壁上于今竟有诗。

其二

潇洒仙才有尽时，当年搁笔费寻思。
唐人不及今人胆，敢续崔郎以后诗。

其三

白云黄鹤句多奇，具眼人来自避之。

莫怪纷纷题壁者，模糊未见上头诗。

其四

楼头有韵莫轻追，崔是司勋李是谁？

发兴须游千里外，凤凰台上再吟诗。

清代搁笔亭已是著名的景点，为文人墨客达官贵人游玩歌咏之处，吴趼人有“名胜不留天地老，只今回首有余哀”（《眺黄鹤楼故址》），张竹坡有“名楼已圮夕阳斜，满径荒凉馀蔓草”（《黄鹤楼遭兵燹感题》），黄侃有“虽无好句赓崔李，到此登临亦快哉”（《登黄鹤楼故址》），等等。历代文人咏黄鹤楼的诗不可胜数。

王维与黄鹤楼

王维是中国山水田园诗派的重要代表人物之一，他的山水田园诗将闲逸萧散的情趣寓于自然美景中，绘影绘形，写意传神，以清新淡远、自然脱俗的风格，创造“诗中有禅”的意境，在诗坛独树一帜。

开元九年（721 年），王维中进士，任太乐丞，负责音乐、舞蹈等教习，以供朝廷祭祀宴享之用。可好景不长，供职仅数月，因属下伶人舞黄狮子，而被贬为济州司仓参军。黄狮子舞是专供皇帝享用的，伶人私自作舞是为大不敬，累及王维被贬。据张清华《王维年谱》，开元二十八年（740 年），九月底或十月初王维奉命由长安出发，因公务赴南方，经襄阳、郢州、夏口至岭南。王维时年 41 岁，职务是殿中侍御史，途经襄阳，写了《汉江临泛》《哭孟浩然》等诗，秋冬之际，南进经夏口（今武昌），又写了《送宇文太守赴宣城》《送康太守》《送封太守》三首诗。《送康太守》曰：

城下沧江水，江边黄鹤楼。
朱阑将粉堞，江水映悠悠。
铙吹发夏口，使君居上头。
郭门隐枫岸，侯吏趋芦洲。
何异临川郡，还劳康乐侯。

王维雕像

天宝二年（743 年），为供母亲修行静养，时年 44 岁的王维于蓝田县营山居一所，即辋川别业，是在宋之问辋川山庄的基础上营建的，拥有林泉之胜、因地制宜的园林，此后王维苦心将其经营为一片山水胜地，堪称唐宋写意山水园之代表。天宝十五年（756 年），仍任给事中。安史之乱中王维被俘，他被俘后曾吃药取痢，假称患病，以求自保。但因其名声太大，安禄山派人接至洛阳，拘于菩提寺，委以给事中之伪职。至德二年（757 年）秋，唐军收复长安、洛阳，王维系陷贼之官，按律当死，但因他被俘时曾作《凝碧池》，抒发亡国之痛和思念朝廷之情，其弟刑部侍郎王缙平叛有功请求削籍为兄赎罪，王维这才得宽宥，降为太子中允。

刘禹锡与黄鹤楼

说起中唐诗人，那真是人才辈出，韩愈、柳宗元、白居易、元稹、张籍、刘禹锡、孟郊、贾岛，等等。这里头最不怕事的诗人，要数刘禹锡。

刘禹锡，生于大历七年（772 年），字梦得，籍贯河南洛阳，自称中山靖王刘胜之后，父亲刘绪曾在江南为官，为避安史之乱，迁居苏州。刘禹锡在那里度过了青少年时期。他很小就学习儒家经典，作诗曾得诗僧皎然、灵澈的熏陶指点。十九岁前后，游学洛阳、长安，在士林中获得好名声。贞元九年（793 年），与柳宗元同榜进士及第，同年登博学鸿词科。两年后再登吏部取士科，释褐为太子校书，不久丁忧居家。贞元十八年（802 年），调任京兆府渭南县主簿，不久迁监察御史。当时韩愈、柳宗元均在御史台任职，三人过从甚密，结为好友。

贞元二十一年（805 年）正月，唐德宗驾崩，李诵即位，即唐顺宗。原太子侍读王叔文、王伾素有改革弊政之志，随唐顺宗进入中枢。刘禹锡与王叔文相善，得到叔文器重，任屯田员外郎、判度支盐铁案，参与国家财政治理。这时，刘禹锡和柳宗元成为永贞革新集团的核心人物。“二王刘柳”集团在执政期间，采取了不少激进的改革措施，这下触犯了藩镇、宦官们的利益，保守势力联合反扑，永贞革新很快宣告失败。

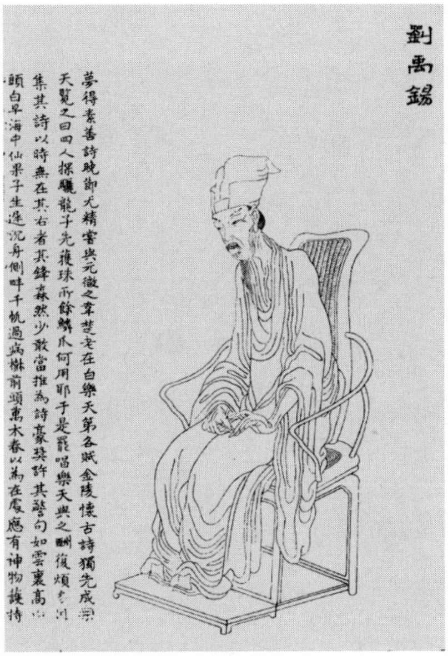

刘禹锡像

唐顺宗被迫让位于太子李纯，王叔文赐死，王伾被贬后次年病亡，刘禹锡与柳宗元等八人先被贬为远州刺史，随即加贬为远州司马，史称“八司马事件”。宦海沉浮，屡遭贬谪。

唐穆宗长庆四年（824 年），时刘禹锡调任和州（今安徽省和县）刺史，沿长江而下，途中路过武昌，与一位爱好吹笛的老人相遇，有感于老人的境遇而写了《武昌老人说笛歌》这首诗：

> 武昌老人七十馀，手把庾令相问书。
> 自言少小学吹笛，早事曹王曾赏激。
> 往年镇戍到蕲州，楚山萧萧笛竹秋。
> 当时买材恣搜索，典却身上乌貂裘。
> 古苔苍苍封老节，石上孤生饱风雪。

商声五音随指发，水中龙应行云绝。
曾将黄鹤楼上吹，一声占尽秋江月。
如今老去语尤迟，音韵高低耳不知。
气力已微心尚在，时时一曲梦中吹。

清代词人贺裳在《载酒园诗话》中写道：（刘禹锡）七言古大致多可观，其《武昌老人说笛歌》，娓娓不休，极肖过时人追忆盛年，不禁技痒之态。至曰“气力已微心尚在，时时一曲梦中吹”，不意笔舌之妙，一至于此。

刘禹锡贬谪和州时还写了《陋室铭》：山不在高，有仙则名。水不在深，有龙则灵。斯是陋室，惟吾德馨。苔痕上阶绿，草色入帘青。谈笑有鸿儒，往来无白丁。可以调素琴，阅金经。无丝竹之乱耳，无案牍之劳形。南阳诸葛庐，西蜀子云亭。孔子云：何陋之有？

苏轼与黄鹤楼

苏轼是北宋中期文坛领袖，在诗、词、散文、书、画等方面有很高成就。词开豪放一派，与辛弃疾同是豪放派代表，并称苏辛；亦为唐宋八大家之一。嘉祐二年（1057 年）参加礼部考试，中第二名。仁宗

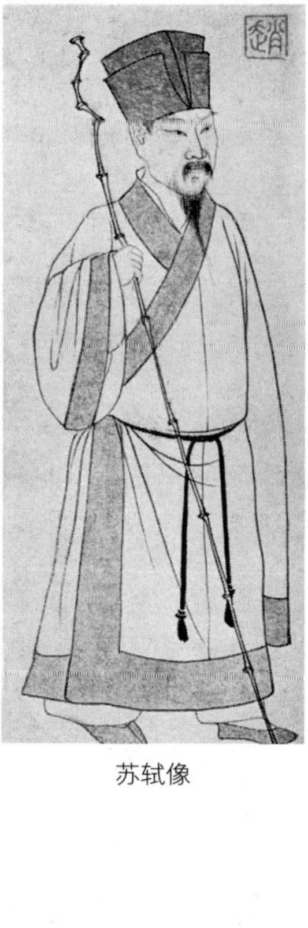

苏轼像

殿试时，与其弟苏辙同科进士及第。嘉祐六年（1061 年）经欧阳修推荐，应中制科第三等，被任命为大理评事、签书凤翔府判官。熙宁二年（1069 年）正是王安石推行新法的时期，苏轼强调改革吏治，反对骤变，认为“慎重则必成，轻发则多败”。因意见未被采纳，请求外调。

元丰二年（1079 年）苏轼由徐州知州调任湖州知州。因乌台诗案，时年 43 岁的苏轼入狱，太皇太后曹氏、王安礼等人出面力挽，苏轼终免一死，贬谪为“检校尚书水部员外郎黄州团练副使”，本州安置，翌年被贬至黄州，至 1084 年离开。元丰八年（1085 年）哲宗立，任用司马光，废除新法，调苏轼回京任中书舍人、翰林学士、知制诰等职。由于与当政者政见不合，再次请调外任，先后任杭州、颍州、扬州知州，后迁礼部兼端明殿、翰林侍读两学士。绍圣元年（1094 年）哲宗亲政后，苏轼又被一贬再贬，由英州、惠州，一直远放到儋州（今海南儋县）。直到元符三年（1100 年）徽宗即位，才遇赦北归。

苏轼谪居黄州五年，其间与亲朋好友聚会多到武昌一带。当朋友李公择向他求黄鹤楼诗时，苏轼忽记起一则旧闻，并以此作《李公择求黄鹤楼诗因记旧所闻于冯当世者》：

黄鹤楼前月满川，抱关老卒饥不眠。
夜闻三人笑语言，羽衣著屐响空山。
非鬼非人意其仙，石扉三叩声清圆。
洞中铿鋐落门关，缥缈入石如飞烟。
鸡鸣月落风驭还，迎拜稽首愿执鞭。
汝非其人骨腥膻，黄金乞得重莫肩。
持归包裹敝席毡，夜穿茅屋光射天。
里闾来观已变迁，似石非石铅非铅。

冯京像

或取而有众忿喧，讼归有司今几年。
无功暴得喜欲颠，神人戏汝真可怜。
愿君为考然不然，此语可信冯公传。

冯京（1021—1094 年），字当世，宋鄂州咸宁（今湖北咸宁）人，后徙居江夏，是宋初名相富弼的女婿。皇祐元年（1049 年）己丑科以三元及第，历任荆南府通判，直集贤院，判吏部南漕，翰林学士，先后知扬州、江宁府、开封府、太原府；神宗即位后入为御史中丞、枢密副使、参知政事。他反对王安石变法，两人常在神宗跟前争辩，曾极力推荐苏轼、刘攽等人，并因此于熙宁八年（1075 年）被罢去参知政事，出知亳州。冯京居江夏，对黄鹤楼及相关传说自然熟悉，但他本人未留下与黄鹤楼相关的文字，他跟人讲的一位看守黄鹤楼老卒的故事却被苏轼记载了下来。

王定国《闻见近录》载："鄂州黄鹤楼下有石，光澈，名曰石照。其右巨石，世传以为仙人洞。一守关老卒，每晨光即拜洞下。一夕，月如昼，见三道士自洞中出。吟啸久之，将复入洞。卒即从之。道士曰：'汝何人耶？'卒具言所以，且乞富贵。道士曰：'此洞中石，可速抱一块去。'卒持而出。石合，无从而入。明日视石，黄金也。凿而货之，衣食顿富。为队长所察，执之，以为盗。卒以实告，官就其家取石。至郡，则金化矣，非金非石，非玉非铅。至今藏于军资库中。"

王世贞与黄鹤楼

王世贞（1526—1590 年）字元美，号凤洲，又号弇州山人，江苏太仓人。他的祖父王倬曾担任留都南京兵部的侍郎，父亲王忬是当时的蓟辽总督和右都御史。《明史》有王世贞传。王世贞年少就显露出不平凡的才能，在科举上比较顺利，1543 年考中举人，1547 年考中进士。历官青州兵备副使、浙江参政、湖广按察使、右副都御使抚治郧阳，官终南京刑部尚书，卒赠太子少保。明代文学家、史学家。好为古诗文，与李攀龙、徐中行、梁有誉、宗臣、谢榛、吴国伦合称“后七子”。李攀龙故后，独主文坛二十年。有《弇山堂别集》《嘉靖以来首辅传》《觚不觚录》《弇州山人四部稿》等书传世。

王世贞为官刚正不阿，勤政爱民，敢于对抗当朝权贵。嘉靖三十年（1551 年），王世贞担任刑部员外郎，负责搜捕犯人，奸人阎姓者犯法，匿锦衣都督陆炳家。王世贞得知消息，赶往陆炳家里搜捕，陆炳手握重权，是当朝君主身边的红人，并请严嵩疏通。王世贞拒绝说情，依然将犯法的阎姓捉拿归案。

嘉靖三十二年（1553 年），杨继盛上疏力劾严嵩“五奸十大罪”，遭诬陷下狱，在狱中备受拷打，终于嘉靖三十四年（1555 年）遇害，年仅四十。世贞为杨继盛送汤送药，代其妻子写状申冤。继盛冤死，又给他安葬。严嵩恨世贞入骨。王世贞的父亲王忬在抵御外敌时误中敌计，致使滦河失守，被严嵩罗织罪名而身陷大牢，等待处决。王世贞去职离官，奔赴京城，和弟弟世懋跪倒在严嵩门前，请求严嵩宽恕。严嵩以谎言宽慰王氏兄弟，暗地里却维持着王忬死刑原判。王忬最终在西市被处决，兄弟俩哀痛欲绝，护送父亲的灵柩回乡安葬，守丧三年。

十余年后，权倾一时的严嵩轰然倾覆。严氏父子倒台后，徐阶继任首辅，张居正正式入阁。王世贞时刻不忘含冤蒙屈的父亲，隆庆元年八月，兄弟二人上朝为父申冤，直言父亲王忬是被奸人严嵩构陷。嗣后在大学士徐阶的帮助下，王忬的冤案得以昭雪，官职爵位也得以恢复。后来王世贞升任为浙江右参政，山西按察使。因母亲去世他回家守丧，服丧期满，调任湖广按察使。

万历元年，在按察司后黄鹄山上，王世贞建振衣亭，取古诗“振衣千仞岗，濯足万里流”之意象，寄寓洁身自爱、奋发自励的情怀。他曾数次登黄鹤楼，有七律《登黄鹤楼》《武昌奉别省中诸公》《黄鹤楼饯别蔡使君景明》等诗，值得细细品味。

登黄鹤楼

缥缈高凭崔氏楼，依微西眺祢生洲。
天容孤鹤排空上，水合双龙抱郡流。
一代真成春雪倡，千年谁识岁星愁。
老夫聊玩人间世，任遣浮云黯不收。

黄鹤楼饯别蔡使君景明

柏台高卧白云秋，静者由来有蔡侯。
识我姓名真倒屣，念君离合重登楼。
中天日傍长安出，薄暮云生大别愁。

王世贞像

倘是五羊能见忆，莫辞双鲤向吴洲。

武昌奉别省中诸公

差池霜色鬓毛侵，三月移藩已滞淫。

惜别故人分手泪，思归傲吏折腰心。

赪鱼下水犹堪溯，黄鹤摩天不易寻。

回首莫论萍梗事，古来天地有浮沉。

黄鹤楼作为历史上江南三大名楼之一，留下了无数文人墨客的足迹，吟咏黄鹤楼的诗作不可胜数，广为流传的多是唐宋名家之作。冯天瑜主编的《黄鹤楼志》收明代诗人咏黄鹤楼诗82首，其中有3首出自王世贞。

王世贞与张居正是同年进士及第，这两人都有过人之处，王世贞为文坛领袖，张居正为朝廷宰相，原本两人关系也不错，后来却产生了矛盾。万历四年（1576 年）五月，王世贞上《议处本镇军饷以资边用改添实力以固地方疏》申言兵饷事宜。张居正妻弟王生欺辱江陵知县，王世贞奏请严惩不贷，并致书张居正，二人因此产生嫌隙。六月，张居正迁王世贞为南京大理寺卿。九月，张居正指使吏部夺王世贞俸禄。十月，张居正指使刑科都给事中弹劾王世贞，使王世贞回籍听用。直到张居正死后，王世贞才被推荐为南京刑部右侍郎，但称病不赴任。许久以后，才出任南京刑部尚书。世贞再三称病辞官，于万历十八年（1590 年）病卒，享年 65 岁。

第三篇 | 寺庙宫观

蛇山绝顶头陀寺

武汉最早的寺庙在哪里？当然是蛇山上的头陀寺。《昭明文选》中有《头陀寺碑文》，它是南齐录事参军王简栖所作。王简栖，琅琊临沂人，曾任郢州从事、征南记室，天监四年卒。碑文记载：刘宋大明五年（461年），安西将军郢州刺史蔡兴宗为沙门释宗慧建寺。释宗慧大师景行大迦叶，因专修头陀苦行，故寺名头陀寺。头陀是梵文的音译，意为“抖擞”，即去掉人生的尘垢烦恼，这是佛法中修行的一种，后往往用以称僧人。大迦叶，指迦叶尊者，是释迦牟尼十大弟子之一，本是古印度富家子弟，后皈依佛门，后来专修头陀行，积很高的道行，被称为“头陀第一”。

头陀寺遗址在什么地方？陆游《入蜀记》载：“头陀寺，寺在州城之东隅石城山。”石城山即今蛇山。张芸叟《郴行录》云：“登石城，最西临江，即黄鹤白云，最东即头陀寺。”王得臣《麈史》云：“头陀寺在郡城之东绝顶处，西去大江最远。”李白曾有“头陀云外多僧气”的诗句。黄庭坚《头陀寺》中写道：“头陀全盛时，宫殿梯空级。”头陀寺上方建有夏亭、奇章亭、压云亭，其中压云亭旧为头陀寺顶院。另据史载，头陀寺内曾有皮日休读书堂、李白读书堂、磨剑池、夏亭、安武王庙等诸多古迹，但因久废，均无迹可考。

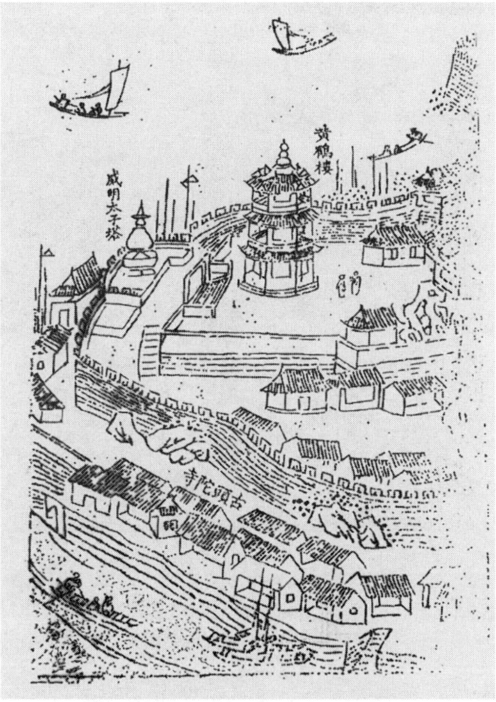

《黄鹄山志》中的头陀寺

唐开元六年（718 年），刺史张廷珪又请人重刻王简栖的《头陀寺碑文》，重新立于此寺。头陀寺毁于唐末兵燹。后来汴僧舜广住持 30 年，兴葺略备，头陀寺成为唐宋时武昌城东著名的游览胜地，达官贵人、文人墨客，莫不到此一游，留下了许多华美的篇章。如宋代袁说友《同鄂州都统制司登压云亭》：

一带城头四望全，压云亭上更无边。
手攀北斗轩飞肉，目盼南楼仅及肩。
城郭千年高复下，江湖万里后还先。
平生颇负昂霄志，便欲乘风送上天。

“元兴寺造”砖

元至元十八年（1281年）湖广行省治所迁回鄂州，正式成为行省级的大区域行政中心，改称鄂州路。《元史》卷四载：“帝驻浒黄洲。己酉，抵鄂，屯兵教场。庚戌，围鄂。壬子，登城东北压云亭，立望楼，高可五丈，望见城中出兵，趋兵迎击，……”压云亭成了元兵的瞭望台。后元成宗嗣位，诏就压云亭故址建大元兴寺，今不知所在。据本人所知，武昌有三人手上有“元兴寺造”城墙砖，上图中两块砖是作者本人收藏的。因见到了古砖实物，说明历史上元兴寺是确实存在过的。它遗址何在？刘文斌先生考证头陀寺顶院即是。据《金石录》所载，在压云亭故址。

孟宗故居灵竹寺

三国时期，武昌叫夏口城，当年出了一个大孝子孟宗。孟宗(218—271 年)，字恭武，江夏人。他小时候就没了父亲，与母亲相依为命。有一回母亲病得很厉害，想吃鲜笋煮的羹。当时天寒地冻，笋还没有生出来，孟宗跑到双峰山的竹林中到处找笋，可怎么也找不到，想到母亲的愿望得不到满足，只怪自己太没用了，一阵心酸，不禁两行眼泪簌簌

北宋孟宗哭竹砖

落下。哪晓得不一会儿地下裂开了，几枝笋尖冒了出来。孟宗转悲为喜，挖出了笋尖就急忙拿回家，做了笋羹给母亲吃。吃了笋羹之后，孟母的病竟然一天天好了起来，人家都说这是孟宗的至孝感动了天地。

孟母依靠在江边扳罾捕鱼及纺线织布度日，孟宗少从南阳名士李肃学习，因学习刻苦，尊师重道，品学兼优，李肃大加赞赏。一年冬天，同窗学友家贫，无钱购置棉被，朔朔寒风，冷暖无依。尽管自家生活困难，孟母却特地缝制了一床大被褥，让孟宗与同学共用，好相互学习交流，帮助孟宗学业进步。

孟宗学成后，被吴国起用，为骠骑将军朱据军吏。孟宗为官，不忘母亲教诲，首行孝道，携母随军奉养。一天，孟宗流泪对母亲说：“母

孟宗哭竹图

民国时期烟盒上的孟宗哭竹画

亲在军营里生活，随军浪迹，没有一个安稳的居处奉养母亲。儿子既不得志，又没尽到孝心，夜里下雨住房又漏雨，连累母亲如今遭受如此之苦，儿子愧疚至极。”孟母安慰儿子说：“吾儿不必伤心，无须为娘担忧，只要吾儿好好领兵，好好干，娘就知足了。”听了母亲的话，孟宗甚感安慰，军营之中遂有“屋漏泣母”一段佳话，流传至今。后来吴国官员调整，把孟宗调到鄂城，为监池司马。为孝敬母亲，他自己结网捕鱼，并将捕获的鲜鱼制作成鱼鲊，常托寄鱼鲊给母亲。起初，孟母在接到孟宗寄来的鱼鲊时，误以为是受贿而得，并教训孟宗说：“身为国家官员，作鲊寄我，为何不廉？”时因孟宗在鄂城为官三年，而孟母禁吃鱼有三年，后来孟母知道错怪了孟宗，后悔莫及。“封鲊寄母”的故事因此广为流传。为了怀念孟宗，以示对孝子的追思，当地百姓将孟宗捕鱼之地取名为“鲊洲”，“鲊洲村”地名今日尚在。

孟宗为政颇有业绩，吴侯再次提拔他做掌管国库官粮的官员。他听后痛哭流涕，跪地坚辞不受。吴侯惊问其故，他说：“我当了三年渔吏，母亲三年未食鱼，现在令我管粮库，我母亲今后就不能吃粮食了啊！”吴侯等人听后都为之动容。孟宗的孝行、孟母的贤德，受到了人们更进一步的尊崇与传颂。

东吴嘉禾六年（237 年）孙权下诏对奔丧将领处刑称：“凡父母丧，不俟交代而奔丧者罪至大辟。”孟宗在朝为官，时母年迈。不久，宗闻母亲逝世，不顾朝廷法律制度的约束，遂将自己的工作委托他人代管，回家为母奔丧，行孝葬母，守墓三十五天，日夜以泪相伴，跪守在母亲坟旁尽孝子之道，四里八乡百姓无不动容。吴侯得知孟宗严重违纪，准备逮捕孟宗，并处以极刑。后来他的同僚陆逊向朝廷陈述他的孝行，感动了皇帝，特为孟宗免除一死，于是有“弃官守孝”流传于民间。

孟宗哭竹生笋处究竟在什么地方？一说在双峰山灵竹寺，《舆地纪胜》卷六六《鄂州·古迹》载：“灵竹寺，相传孟宗故居也。”记孟宗庙在县东二里，祀吴孝子孟宗也，宋绍兴间建。《湖广图经志书》卷二《武昌府·祠庙·江夏》载“本朝（明嘉靖）迁武昌卫堂北”，即武昌凤凰山西南麓，古人曾竖“孟宗哭竹生笋处”石碑，其后有一眼古泉，号称孟井。由孟井往东直抵山坡，有孟母的墓园，墓前立有石牌坊，上镌“吴司空孟母墓园”，牌坊边还立有江夏县的禁碑，此处还有祭祀孟宗的应山祠。新中国成立后，凤凰山被划为军事重地，将孟母墓园平整，驻军建起了食堂。应山祠大殿遭白蚁侵害，于 1959 年拆除。时过境迁，现在凤凰山已不再是军事禁区，整座凤凰山都变成了居民小区，历史遗迹荡然无存。

丛林古刹龙华寺

明成化二年（1466 年），太监王定因母病，便在武昌蛇山南麓开出一方净土修建寺庙，明宪宗朱见深御赐匾额龙华寺。后成化十三年、弘治十三年，不断重修扩大，至今寺院里还立有两块明弘治石碑。到弘治十五年，该寺有佛殿五座，观音殿、天王殿、山门各三座，钟楼一座，东西廊舍 48 间，总共有 264 楹。佛殿巍峨，柏竹环绕，终成为一大丛

龙华寺

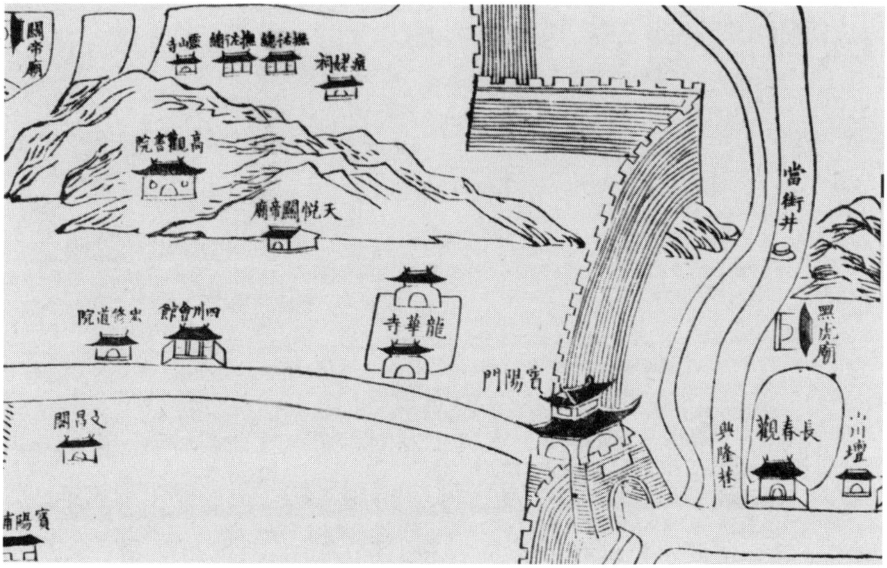

《1883 年湖北省城内外街道总图》中的龙华寺

林。清顺治、光绪年间又数次重修该寺，使其成为武昌城内大型寺院之一。

民国九年（1920 年）五月，太虚大师讲起信论于武昌龙华寺，印行《起信论别说》。民国九年，太虚大师自传里写道："民九三四月间，武昌与广州都来请我前往讲经。武昌已由隐尘、元白邀李馥庭等百余人发起为扩大的公开讲演，为我设榻龙华寺，即借龙华寺佛殿为讲堂，可容听众三四百人，派陈性白到杭迎接。"

太虚大师（1890—1947 年）是近代著名高僧，以倡导"人生佛教"而著称。大师俗姓吕，名淦森，法名唯心，字太虚，号昧庵、悲华等，籍贯浙江崇德。光绪三十一年 16 岁，入苏州小九华寺披剃为僧。出家后即往宁波天童寺依寄禅和尚受具足戒，嗣往永丰寺就歧昌和尚学经，越岁复住天童寺修禅学佛。宣统元年（1909 年），随寄禅和尚参加江苏省

太虚大师

僧教育会，并在南京从杨文会居士学《楞严经》，后又就苏曼殊学英文。宣统三年赴广州弘扬佛法，被推为白云山双溪寺住持。

民国元年（1912 年），太虚从广州返南京创立中国佛教会，第二年并入以寄禅和尚为会长的中华佛教总会，太虚被选任《佛教月刊》总编辑。不久，寄禅和尚圆寂，太虚在其追悼会上提出进行“教理革命，教制革命，教产革命”的佛教“三大革命”口号，撰文鼓吹“佛教复兴运动”和改革旧的僧团制度。由于他的“佛教革命”言行受到一些守旧派的反对，乃辞去月刊总编职务，转入普陀山闭关潜修佛学。闭关两年间，他深研佛学法相唯识诸宗经论，旁及中、西哲学诸论著，法学精进，深有所得。民国五年出关后，即赴台湾、日本考察佛教，进行讲学。

民国七年（1918 年）太虚从日本回国后，在上海与陈元白、章太炎、王一亭诸名士创设“觉社”，主编《觉社丛书》。翌年改《觉社丛书》

千家街武昌佛学院旧址太虚大师舍利塔

为《海潮音》月刊。月刊续办 30 多年，从未中辍。民国十一年（1922年），太虚受聘任湖南大沩山寺住持，随后于武昌创办武昌佛学院，招收缁素佛教青年入院修习佛学，培育了一批德学兼备的僧伽人才。在武昌千家街武昌佛学院旧址，当年壮丽的院舍唯留下潮音茅蓬与太虚大师舍利塔。这里曾经启建中国近代最早的佛学院，最先投入到太虚大师整理僧伽制度、进行佛教现代化的实践中去。

龙华寺原占地 6000 平方米，是比丘尼僧道场。1954 年，武昌尼众响应政府号召，开展生产自救。至 1958 年，龙华寺的大和尚将此庙舍给由 72 座小庙集中而来的 172 位比丘尼。这些比丘尼没有还俗的，白天在外生产，武昌手帕厂就安置了不少比丘尼。她们也蓄起头发，穿便服，与常人无异，晚上回寺过宗教生活。后寺院房舍、土地屡遭侵占。

党的十一届三中全会以后，政府落实宗教政策，龙华寺收回被占房产和土地，当时房屋土地面积仍是 6000 多平方米，居住尼众一百多人。

龙华寺曾珍藏有大批历史文物，如明代成化年间铸的三尊铁佛，自然生成的神龙护墙，大批的古碑石刻、兔儿石、猫儿石等，均散失。据《江夏县志》记载：龙华寺后“大石嶙峋，中间峭壁如削。当腹一洞，左右各镌东、阳二字，想必古人读书幽胜处也。”“蛇山南坡有崖如壁，崖下有小潭，水甘冽，此即小石泉”。此为明成化年间的泉水景点，与龙华寺、东阳洞形成人文景观，但因年代久远，小石泉早已湮灭在历史风雨中，今人无缘目睹其风采。现因蛇山透绿工程完成，小石泉摩崖复又出现在人们眼前。“泉”字完整，“石”字和落款“五月十日，郑万膺厂字”仅剩下半截。

武昌佛学院旧址太虚大师舍利塔与潮音茅蓬全貌

双峰山上长春观

长春观位于蛇山尾部大东门外双峰山南坡，是我国道教著名十方丛林之一，为历代道教活动场所，被称为“江南一大福地”。观内崇奉道教全真派，以其创始人重阳祖师门人丘处机道号长春子命名。

元初时，全真龙门派创始人丘处机，字通密，号长春子，在元军南

长春子像

长春观

下时“一言止杀”济世救民之功德，创道教十方丛林制度，多次受元太祖成吉思汗的封赏，掌管天下道教。于是丘处机派弟子至荆湖之地的武昌创办道教丛林，弟子为纪其事，在松岛修建长春观，祭奉长春真人。每年农历正月十九为长春真人圣诞，长春观要举行隆重盛大的丘祖会，武汉民俗称之为“迎春会”，也称“燕九节”。

长春观历史悠久，道学渊源，风景清幽，建筑典雅，1983 年被国务院列为全国重点道教宫观，也是武汉市一级文物保护单位，不仅是一座修身养性、礼神朝真的宗教活动场所，也是一处游览胜地。江西庐山历史上还设有长春观的下院。

长春观在明世宗年间就“仙真代出，为湖北丛林特著，屋宇千间，道友万数，香火辉煌”。观内珍藏之全套明版《正统道藏》，在新中国成立前是全国仅存四部之一。著名的音韵学者钱大昕于清乾隆三十九年（1774 年）来长春观查阅《道藏》，在来成楼写下《三洞旋华序》。这时长春观被誉为“江楚名区，道子云集之处，黄冠皈依之所”。同治四年（1865 年）在北京白云观主持传戒的张耕云大律师，应长春观监院于本贤、金教法之邀，不远千里来观开坛说戒。1925 年天门县龙镇出家的第二十二代龙门正宗传戒律师高嗣授与监院侯永德携手开坛说戒，

《黄鹄山志》中的长春观图

度弟子 454 人。黎元洪赠匾“大愿圆满”，萧耀南赠匾“道岸同登”。

长春观处武昌要冲，观宇建筑屡遭兵燹又屡次重建。清末太平军与清军曾三次争夺武昌城，长春观为其大帅指挥部，又因太平军信基督教，视佛、道二教为异端，遂毁长春观、宝通寺。清王朝在湖北督办军务的钦差大臣官文的七律诗《观焚》乃绝好之见证：

古观焚如岁月迁，问谁火里种青莲。
春风料峭双峰树，郁气氤氲万缕烟。
每意沧桑增阅历，欲寻洞府学神仙。
有缘到此空休返，且上回头普渡船。

1864 年，龙门第十六代宗师何合春从武当山来此发愿，并得官文及江南提督军门李世宗捐助，进行了大规模修缮，使长春观“庙貌森严，回复旧观”。

长春观在近代中国革命史上也有着光辉灿烂的一页。早年“辛亥革命”的策划者曾以道观为掩护居此处筹划起义事宜；1926 年，北伐军叶挺独立师驻扎长春观，并在三皇殿设立前线指挥部；国民革命军总政治部副主任郭沫若曾在观内暂住；邓演达在此督战，衣袖被子弹击穿；俄国翻译纪德甫殉难在观内。为此，郭沫若挥泪痛悼北伐英烈：

一弹穿头复贯胸，成仁心事底从容。
宾阳门外长春观，留待千秋史管彤。

长春观有闻名于世的“三绝”：全国唯一的一块“天文图”、带有藏族风格及欧式风格的建筑、乾隆帝御赐“甘棠”石刻。在新中国成立之初，全国有三块“天文图”碑，为道教天文学家所留，上刻有“谕旨”二字。一块在杭州玉皇山，一块在陕西某观，一块即在长春观。前二块

长春观太清殿

皆毁，长春观这一块全图碑仅存，堪称一绝。长春观建筑群带有藏族风格及欧式风格，其原因有二：一是清末助建长春观的钦差大臣官文是满族人，崇信藏传佛教，所用工匠受其影响，将藏族吉祥物大象及藏红花图案装饰于殿堂。二是清末长春观住持侯永德原本是左宗棠手下的一员将官，后出家为道人，民国十四年（1925年）侯永德任监院期间，得到督军萧耀南士族项竹坪的捐资而修藏经阁，因受西方思潮影响，以欧式风格和中式风格相结合，修建了欧式风格为主体的道藏阁，其屋檐上用水泥“堆塑”而成的传统花饰堪称一绝。位于道藏阁前的乾隆亲书“甘棠”摩崖，亦为一绝。

王葆心《续汉口丛谈》卷三中说：“湖北省城东门外长春观大殿阶前青石内有猫宛然如生，水浇石面，则须毛毕现。相传猫听经入神而化，殆所谓精诚贯金石欤？案此事今已无闻。咸丰中省城三次陷贼，观

长春观太清殿前台阶上的“猫影石”

龙华寺“灵猫听经”石雕

被焚毁，遂失此石中古迹欤。是亦会城之一异闻也。”后又更正说：“猫影石，《蔗余偶笔》误属长春观，得《江夏志》始知在龙华寺。访之亦不得。后阅同治《江夏县志》，始知所谓猫影石者，在东门内龙华寺大雄殿月台石级上，因即往观，询之僧，则云旧传有此石，今不知所在。因遍觅卒未之见，疑僧众有意秘之。或咸丰中毁于贼也。”其实，长春观确有“猫影石”，原物今仍存；而龙华寺是重新刻了一块“灵猫听经”

石雕。

1926年北伐战争中，北伐军叶挺独立团驻扎在长春观，这里成为前线指挥所。藏经阁、来成楼、三皇殿均遭炮弹击损，后由省主席夏斗寅出资恢复原貌。1931年，侯永德道长又谋得夏斗寅的支持捐资，对道观进行大规模的修缮，长春观建筑群格局终于完成。

新中国成立后，因修建武汉长江大桥，对原在黄鹤楼旧址的吕祖阁拆迁，遂由政府拨款，将吕祖阁的神像等迁入长春观，并对长春观进行维修。“文革”中，长春观受到冲击，神像被捣毁，宗教活动被迫停止。1982年政府拨款，重修长春观殿宇，重塑神像。1984年宗教活动得以恢复并对外开放。

黄鹄山下武当宫

武昌武当宫是武汉道教四大丛林唯一冠以“宫”名的道教圣地。明代撰修的《寰宇通志》载，武当宫原建于武昌平湖门内，即古黄鹤楼的东面，洪武初年续建，明正统十年（1445 年）重修。当时的楚王偏爱道教，不仅翻修长春观，更出巨资建造武当宫，把武当宫作为祈禳求福的专用道场。清康熙十二年（1673 年）又进行了大规模重建，并立重建武当宫碑。清光绪初年，武当宫移建学府宫西。

移建后的武当宫，旧址原是武昌府的城隍庙，殿宇坐北朝南，背依蛇山，山门正对南天门，入山门即入仙界。传说此宫 30 年出一地仙，60 年出一天仙。山门双壁书“龙”“虎”二字，雄浑挺拔。武当宫素以秀萃闻名，灵官殿、玉清殿、三皇殿掩映在绿树丛荫中，殿前古松参天，四时花卉常新。宫右有天鹅池，池水甘甜，明目清心，取水时可隐见天鹅的倒影；宫左假山错落，古槐葱郁，碑石林立。假山与戒台之间架有小桥，桥下泉水淙淙，青苔碧翠，条条花径通殿宇，绿树如盖皆成荫。玉清殿神龛有二龙戏珠和双凤朝阳装饰，龛下是精巧雕刻的石座，龛上珍珠彩灯、宝瓶、香鼎等陈设，均为武昌府官员所赐，每临真武诞辰，庄严道场钟鼓长鸣，宫内香烟缭绕，磬声悠悠，一入此境，令人颇有超凡脱俗之感。

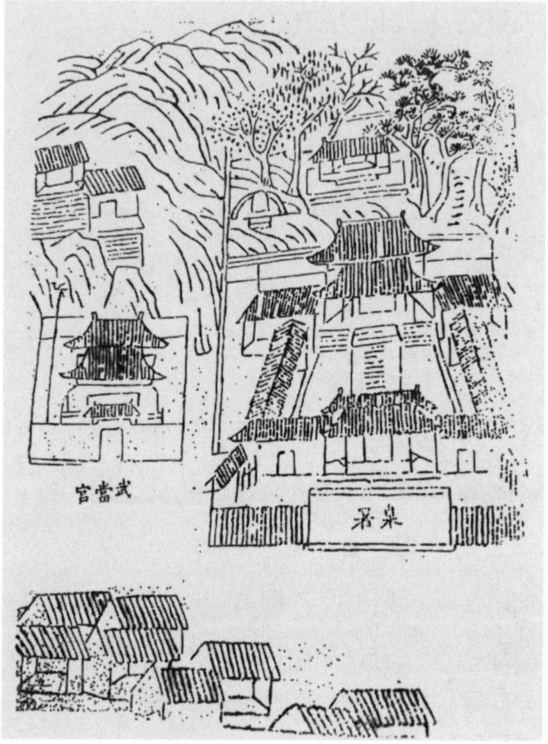

《黄鹄山志》中的武当宫图

《吕祖全书》载:“吕祖同海蟾西游华山，教希夷以炼精、聚气、养神之法，授希夷三元丹法，先天隐诀，太上混元无极图。”希夷因之在华山修炼得道，后传“八部纯阳”于王重阳，重阳祖师于山东昆嵛山结庐名全真庵，广开道教一脉，传法于全真道，尊吕洞宾为全真纯阳宗师。重阳祖师传道于弟子丘处机，丘处机得重阳祖师真传后，于陕西龙门山开全真教龙门山派之宗，世称全真龙门派。

据武当宫《纯阳道秘全录》载：至明中期，武当山五龙宫全真龙门派第十一代卓一清道长独具纯阳秘术。八部纯阳由卓一清道长传阳中子，阳中子传复尘道长，复尘传鹤清道长，鹤清传狄生道长，狄生传至武当玉虚宫龙心道长，龙心道长秘传王至道。王至道，号鱼化龙，辽东人氏，生于清咸丰八年（1858年）。青年归隐道教丛林，壮年游历名山大川，后皈依武当山玉虚宫，得龙心道长授之八部纯阳秘术。1900年道长游历北国山川，1906年回归武当，1909年被派往武昌武当宫任知客，列全真龙门派第二十一代师。王道长精道家哲理，持技自养于山林，1924年受释门道友阐非和尚推荐，始择武当宫刘理航道人为弟子，授纯阳绝学。

据刘理航师父讲，当年武当宫中有一荷花池，王至道师爷设五行木（以五色分之）于池中，各木桩微露水面，取五行之义以练桩功。师爷常借深夜月光，轻盈绕步于桩上，时而舞剑于殿前，明月清风，侠胆剑气。某天，一位大汉闯进武当宫来，无端寻衅闹事，竟将一尊神像损坏。有位道友劝他休得胡来，这大汉非但不听，还口出恶语。师爷王至道闻讯赶来，见此状，一步上前，轻轻地在大汉肩膀上拍了一下，朝那

《1883年湖北省城内外街道总图》中的武当宫

大汉笑了笑，谁知那大汉立马难以动弹，不得不请罪告饶。原来师爷暗用纯阳指点了那大汉的穴道，当时师爷的精绝武功少有人知。

1904 年湖北图书馆开办，馆址就是武当宫道院。

黄鹤楼前“孔明灯”

黄鹤楼故址前的黄鹄矶头曾立有一座美丽的白塔，名为胜像宝塔，由元代威顺王建于元至正三年（1343 年）。塔形属佛教密宗佛塔，是供奉舍利和佛教法物的大菩提佛塔，也是从印度传入中国最初的塔形。藏传佛教的萨迦派在元代被尊崇为国教，随着元人政治势力的传入，这种塔形也传入内地。胜像宝塔分为地、水、火、风、空五轮，又称五轮

胜像宝塔（清代雪景）

“孔明灯”老照片

塔。塔高 9.36 米，底座直径 5.68 米，由白色石料砌成。塔座是须弥座，呈十字折角形，四周分别雕刻精巧的云神、水兽、莲瓣、金刚杵、梵文等装饰；塔身为素洁的覆钵体；塔刹的基座也为须弥座形，刹身相轮十三层，上刻莲瓣承托石刻宝盖，下面刻八宝花纹；塔顶为铁制宝瓶；塔室内为中空式，全部密封，无地宫。原塔周围有护栏，南向曾有一石牌坊，坊额上横书“胜像宝塔”4 字，每字 6 寸见方，上款为“威顺王太子建”，下款为“大元至正三年”，石坊今无存。这些名称和建筑年代，在清嘉庆陈诗等撰《湖北通志》、同治胡凤丹著《黄鹄山志》和《寰宇访碑录》上都有记载。

当时元朝皇帝也孙铁木儿将鄂汉之地分封给元世祖忽必烈的孙子宽彻普化，并授予其为威顺王。宽彻普化受命镇守武昌后，在修筑城墙的同时也建造了这座胜像宝塔。

宝塔原在蛇山西端黄鹤楼前，长江上往来船只远远就能望见它，民间俗称胜像宝塔为“孔明灯”。

关于“孔明灯”有个传说。三国赤壁之战，曹操率领几十万人马挥师南下，孙权、刘备联军抗曹，诸葛亮负责指挥联军，调兵遣将，传令关羽克期赶到赤壁会合。等关羽从樊城带领水军日夜兼程赶到夏口，已三更半夜，是时又遇狂风暴雨，众将士正因看不清方向而叫苦不迭，突然黄鹤楼下亮起一盏巨灯，就像一轮明月悬空，顿时把江面照得透亮。关羽又惊又喜，从容指挥战船拐进长江，逆流而上，及时与诸葛亮会合。孙刘联军火烧赤壁，大败曹操。从那时起，黄鹤楼下的这盏灯从没熄过，天天为往来的船只指航。

1955 年，因修建长江大桥，宝塔被迁移至蛇山的西边。在拆掘的过程中，发现塔心内有一个石幢和一个密封的铜制宝瓶。石幢也叫佛

胜像宝塔今影

幢，是寺庙中刻有佛号或经咒的石柱，石幢高 1.03 米，下为圆座，幢身为八角形，顶刻各种莲花装饰，雕刻精巧；铜宝瓶瓶底呈凹形，刻有双钩字两行：“洪武二十七年岁在甲戌九月乙卯谨志”，瓶腹刻有“如来宝塔，奉安舍利，国宁民安，永承佛庇”16 字。铜宝瓶放入时间不详。胜像宝塔北立有两块万历年间的石碑，左侧为紫竹观音像，右侧为鱼篮观音像和关帝像。据 20 世纪 80 年代全国文物普查统计，胜像宝塔所存的这幅《鱼篮观音图》是全国仅存的两幅之一，相当珍贵。清乾隆时曾对胜像宝塔进行过精心的修缮，以至宝塔得以留存至今。1956 年 10 月，胜像宝塔被定为湖北省第一批重点文物保护单位。

蛇山南麓话文庙

文庙是古代奉祀孔子的庙宇，县文庙称县学，府文庙称府学。唐贞观四年（628 年），各州、县普建孔庙。唐开元二十七年（739 年），唐玄宗追谥孔子为文宣王。宋元以后，又在文宣王之上加“至圣”“大成至圣”等称号，孔庙也就被称为孔圣庙。因庙里设儒学，又称学宫。武昌城内有两座文庙：一是府学武昌府文庙，在玉带街（今大成路 45 号），

《1883 年湖北省城内外街道总图》中的武昌府文庙

武昌府学宫楼牌

建于北宋仁宗康定元年（1040年），经历了多次重建和重修，有着悠久的历史渊源。另一是县学江夏县文庙，在菊湾东街黉巷（今红巷），今不存。

清末，这些孔庙都被太平军捣毁，清军战胜太平军后，又将其重建。1926年，北伐军攻入武昌城后，孔庙改作他用，一度作为湖北省会第四小学和蘅青中学校舍。新中国成立后，武昌府文庙成为武汉市第十中学校舍，1966年毁于火灾。

武昌府文庙坐北向南，有两道围墙，第一道围墙上半截为石栏杆，称内泮，两端竖石碑，上刻“官员人等在此下马”。墙外有两三丈宽的走道，道前有泮池。第二道围墙有一正门和两侧门，正门不常开，有人中状元时才开，又称“状元门”。其门后有池，池上有桥，池后一片空地，向北可见大成门。进入大成门有一片场地，祭孔仪式在此举行。场后为大成殿，两翼为长廊式厢房。大成殿设神龛多座，红底金字，正中为孔子神龛，上书“大成至圣先师孔子之神位”。其余六龛分列两旁，东侧第一、二龛为“复圣颜子之神位”和“宗圣曾子之神位”；西侧第一、二龛为“亚圣孟子之神位”和“述圣子思之神位”，合称四配。还有两龛，东侧第三龛供奉着闵子骞、冉伯牛、仲弓、宰我、子贡；西侧第三龛供奉冉有、季路、子游、子夏、子张，合称十哲。殿内有一大厅为崇圣祠。

武昌府文庙在宋时就内设儒学，分大学与二学。主持大学者称教

《黄鹄山志》中的武昌府学宫图

文庙柱础

谕，主持二学者称训导。教谕由翰林或举人充任，训导由举人充任。其主要职能是负责丁祭、圣诞祭及儒学活动。丁祭是分春、秋举行的祭孔活动。阴历八月二十七日为孔子诞辰，称为圣诞，每年都要举行圣诞祭。清以后，祀礼仪式固定为上祀、奠帛、读祝文、三献、行三拜九叩大礼几个仪程。

全国有许多地方的文庙都保留了下来，成为重点文物保护单位。可是武昌府的文庙却消失多年，唯遗址尚存。走进遗址，还可看到一排精美的柱础，或许还是大成殿的遗物。

蛇山北麓衡善祠

蛇山北麓有一座保存较完好的善堂，名为衡善祠，位于武昌民主路400号，门前是胭脂路公交站。

善堂原本是民间自救机构，尤其是针对寡妇，有些愿意守节的寡妇带着自己的家产和年幼的子女住进善堂，过着严守清规的日子，若是男孩子，年满16岁后就必须离开善堂，不能再待在母亲身边了。每当傍晚善堂要锁大门，闲杂人等晚上一概不得入内。武汉的善堂始发于清中

衡善祠

衡善堂义塚碑

期，大多数善堂创办于清末。20 世纪 30 年代是武汉善堂的鼎盛时期，多达几十家，但民国后期逐渐衰败。

善堂是由民间的工商私营业主、贤达绅士自发组织的用于社会救荒、救灾、济贫的民间慈善公益机构，有自己的房产、土地，有的开办学堂、药房、寿木店等。对于无钱安葬的贫民，善堂施舍薄板棺材，并安葬于义塚，在洪山就有衡善堂义塚。十余年前，一位女士在送孩子上幼儿园时，在路上发现了一块“衡善堂义塚”碑，此碑位于洪山无影塔西 20 米，在一个围墙的墙基上。发现碑的地方可能就是衡善堂义塚所在地。

善堂的救生及善后事宜历来由绅首经理，善堂的管事和堂主一般都为殷实大户，或开工厂、商号、钱庄，或是行业、行帮的首脑，根据其能力大小，来决定其所办慈善项目多少及规模大小。凡遇灾荒之年，善堂救济灾民，比当时政府赈灾还要及时。清末，武昌、汉口有镇安、圣化、宝善、安善、仁济、普安、惠济、敬德、衡善等善堂为贫民送诊送药。夏季，善堂或制些藿香丸、纯阳正气丸、仁丹和救急水，分送市救济院、育幼院、贫民收容所、监狱、看守所等，或在车站码头和交通要道搭茶棚施茶，行人称便。所用茶叶由茶业公会捐赠，茶棚雇人看管。

武昌衡善祠建于1869年，原来办有药房、药铺、学堂，在长江边还有衡善码头（今中华路码头），设置有救生红船，参与水上救援和灭火，对遇险船只及时施救，从现存建筑还可看出昔日鼎盛时的规模。新中国成立后这里是武昌教育局职工宿舍，1955年兴建长江大桥，修铁路京广线时拆除了善堂部分建筑。原址还遗留有两块残碑，记载的是同治三年十二月“钦差大臣太子太保文华殿大学士兵部尚书湖广总督官文”为保护衡善堂而出的告示，一方残碑是原碑的上半部分，另一方是原碑

衡善祠里的残碑

衡善祠内建筑上的纹饰

的下半部分，中间稍有毁损，文字不能贯通。碑文大意是介绍衡善堂水上救生事业的背景：鉴于江面宽广，风涛凶险，往来船只多有覆没，该善堂董事得到官绅士民捐助，制造救生船只并盖造公所，实施水上救助，晓谕民人，遇风狂浪涌，禁止渡江，慎勿冒险；遇有险情，救生船水手等务须施力救援，不得稍有疏忽；如有不肖之徒借端滋事，严惩不贷；该堂船只为救生而设，兵勇人等不得强掳。

这则碑刻是很珍贵的史料，既反映了善堂的运营情况，也反映了官府与善堂的关系。衡善祠对于了解晚清善堂及社会救济的历史，具有宝贵的价值，应得到妥善保护。

摩崖石刻“小罗浮”

蛇山南面有一处近代摩崖“小罗浮”，位于表烈祠（今烈士祠）背后山崖上。摩崖前面有一片小水池，小水池有水时，水面还有浮萍，有鸟儿在池边喝水。其环境之幽，景色之美，非言语所能描述，闹市中

“蛇山”石刻

“梅岭”石刻

心，绝无仅有。仰观“小罗浮”三字，怎么看都舒服，非大手笔莫能为。细观之有时间、姓名题款：民国二十六年三月，程文勳。

程文勳何许人也？程文勳，字韦度，江苏无锡人氏，生于清光绪十年（1884 年）。1903 年为上海南洋公学教习，1904 年 6 月，与毕业生侯士绾、张景尧、王寿祺等 12 人赴比利时列日大学矿务系留学，学习铁路机械。宣统二年（1910 年）回国，为江西萍乡矿务局矿师，1918 年为龙烟铁矿（首都钢铁厂前身）工程师，1923 年为龙烟公司工程司负责人，1926 年为沪淞商埠督办公署工务处处长，1936 年为湖北武昌市政筹备处处长，1937 年为淮南矿路股份有限公司总经理协理，1945 年为淮南矿路公司接收整理委员会主任，1947 年为淮南矿路股份有限公司总经理。卒于 1967 年。

程文勳时为武昌市政筹备处处长，据刘谦定老师说，当年是为了修建武昌北站，即徐家棚火车站，政府委派程文勳来武昌。当时蛇山南麓大东门内也是名人扎堆居住的地方，至今该处还遗留有李书城、徐旨乾、高亚鹏等民国要人的洋屋府邸，程文勳应该是住在其左近。当他看到这么幽雅的环境，不禁联想起广东惠州的罗浮山，还有江西南昌的梅岭。在距“小罗浮”西边不远处还有一处“梅岭”二字摩崖石刻，看不到落款，从字的风格上看，与“小罗浮”相近，据长春观郑信谷道长分析：“由于程文勳居住在此，且给庭畔院边以及岭中崖下种些梅花，趁着兴致，给崖壁、岩石作些题刻，于是留下了‘梅岭’‘小罗浮’。”

袁宏《山记》称：“罗山自古有之。浮山本蓬莱之一峰，尧时洪水泛海浮来傅于罗山。”这是罗浮山得名的传说。罗浮山位于岭南中南

“小罗浮”石刻

部，毗邻惠州西湖，素有百粤群山之祖、蓬莱仙境之称，洞天奇景 18 处，石室幽岩 72 个，以山势雄伟壮观，神仙洞府超凡脱俗的特色吸引人。

第四篇 | 名人印迹

祢衡与鹦鹉洲

在黄鹄矶上游不远处、夏口城外江中有一沙洲，名曰鹦鹉洲。此洲名大有来历，只为纪念一个人，那就是祢衡。据《后汉书·祢衡传》所述：祢衡少有才辩，而尚气刚傲，好矫时慢物。孔融深爱其才，在曹操面前称赞他。曹操因祢衡裸身击鼓而被其所辱，遂将他送与刘表。刘表

《鹦鹉洲小志》中的鹦鹉洲古图

《鹦鹉赋》照

也不能容，转送与江夏太守黄祖。黄祖之长子黄射在洲上大会宾客，有人献鹦鹉，令祢衡写赋以娱嘉宾。祢衡也不推辞，略加思索便提笔而书，文不加点，行如流水，一篇《鹦鹉赋》立就，辞采华丽，佳句频出，众人喝彩。

三国时期实行辟举制，做官要靠地方官员推荐。祢衡恃才傲物，朋友极少，但孔融很欣赏他。这孔融何许人也，他是孔子的二十世孙。其父孔宙，做过太山都尉。孔融早慧，年少成名，“孔融让梨”说的就是他的故事。孔融早年的时候几次辞谢了州郡的辟举，于灵帝时始步入仕途。中平初（185 年）举高第，为侍御史，与中丞不合，托病辞归。后辟司空府为僚属，拜中军侯，迁虎贲中郎将。献帝初平元年（190 年），因忤董卓，转为议郎，出至青州北海郡为相，时人又称其为孔北海。兴

祢衡像

平二年（195 年），刘表荐他兼领青州刺史。建安元年（196 年），袁绍之子袁谭攻北海，孔融只身出奔，妻子被俘。曹操迁献帝，建都许昌，孔融先后担任将作大匠、少府、太中大夫等职。这时曹操专权，他与曹操政治上颇有分歧，每多乖忤，于建安十三年（208 年）终被曹操所杀。

当时祢衡二十啷当岁，孔融年已四十，但两人结下忘年交。孔融向汉献帝推荐祢衡，孔融说："我听说尧时洪水横流，人民困苦，尧想派人治理，便四方招贤。从前汉武帝登基，为发扬扩大祖宗的基业，问群臣谁能助其弘扬帝业，有才能的人应声而至。陛下通达明智，继承基业，遭遇厄运，勤勉而谦逊，每日操劳至深夜。现在高山上降下神灵，神灵化为奇才同时而出。我看到平原士人祢衡，字正平，年方二十四岁，拥有美好的品质，坚贞贤明，英才卓越。初涉六艺之文，学问精深，过目成诵，志同道合，思若有神；桑弘羊与张安世的心计，若以祢

孔融像

衡来衡量，确实没什么可奇怪的。忠实果敢，志操高洁；见到善者，自己便为之惊悟，嫉恶如仇；任座坚持高尚的德行，史鱼提高君主的操行，大概没有什么过错吧。一百个普通人比不上一个有才能的人，像祢衡这样的人才，不可多得。……我们这些忠诚于朝廷的大臣，怎么能听说不到祢衡呢。陛下应谨慎地选择人才，我恳求陛下召见祢衡。如果他不怎么样，请治我欺君之罪。”

曹操欲使人下书劝说刘表归顺，孔融推荐处士祢衡前往。曹操召见祢衡，但祢衡一向厌恶曹操，自称狂病，不肯前往。曹操得知后，心情不爽，决定找个机会羞辱他一番。曹操听说祢衡鼓技一流，就召祢衡为鼓史。一天大宴宾客，鼓史们轮流演奏助兴，轮到祢衡上场，他奏《渔阳》鼓曲，果然与众不同，节奏悲壮，闻者无不感慨。按照当时的礼仪，鼓史演奏前得换上专门的服装。祢衡击完鼓之后径直来到曹操面

曹操像

前，当场就被下吏呵斥："你为何不换衣服？"这次，祢衡倒也虚心，他走到曹丞相面前，把身上的衣服要紧不慢地一件一件脱去，直至一丝不挂，再慢慢地换上鼓史的衣服，然后又击鼓一次才神态自若地离开。曹操笑道："本想羞辱一下这家伙，没想反遭这家伙给羞辱了。"

事后，孔融好一顿数落祢衡，然后说了曹操对他的诚意。祢衡听了也觉得自己过分了，便答应去赔罪。孔融立即汇报，曹操大喜，心想这小子觉悟了，令守门人客来即报。结果祢衡很晚才来，他穿着便装，手拿大杖，坐在大营门口，用杖捶地，大骂曹操。曹操当然很生气，对孔融说："祢衡竖子，孤杀之犹雀鼠耳。顾此人素有虚名，远近将谓孤不能容之，今送与刘表，视当何如？"遂派人把祢衡送走了。

祢衡到荆州后，刘表和地方士大夫佩服他的才气、名声，对他很尊重，但凡政府公文、言谈议论，往往都要听取祢衡的意见。某次祢衡外出，刘表和几个文人共同拟写奏章，绞尽脑汁，总算完成。祢衡回来后看了他们拟的奏章，觉得不够严谨，他就一把撕掉了奏章，扔到地上。祢衡要来纸笔，顷刻写成，辞义可观。刘表大度，没计较此事，反而更加器重他。后来，祢衡侮辱、轻慢刘表的次数多了，任谁也吃不消呀。经过一番权衡，刘表认为江夏太守黄祖性情急躁，可能应付得了此人，便把祢衡又送给黄祖。

江山代有才人出，各领风骚数百年。历史上多少人才从来都是引进来，唯有祢衡总是被送出去。好在黄祖颇能善待祢衡。祢衡替黄祖作文书，孰轻孰重，都处理得很恰当。黄祖拉着祢衡的手说："先生，这正合我的意，和我心中要说的话一样啊。"黄祖的长子黄射为章陵太守，对祢衡尤其友善。黄射有一次宴请宾客，有人送给他一只鹦鹉，黄射举着酒杯对祢衡说："希望先生作赋，以娱嘉宾。"对于这命题作文，祢衡略加思索提笔就写，一气呵成，文辞华美。

祢衡墓

某日黄祖大宴宾客，祢衡出言不逊，令黄祖很难堪，便当众呵斥祢衡。祢衡死死盯着黄祖，道："死老头！说的什么话！"接着便开骂。这下令黄祖恶从心头起，怒向胆边生，你有利齿，老夫有快刀，一气之下便下令杀祢衡。主簿一向恨祢衡，忍了很久，忽然听到老大下令杀祢衡，一刻也没耽搁，立马就拉出去宰了。黄射得知消息，光着脚丫子跑来相救，可惜迟来一步。事后黄祖想想也有点后悔，这小子该杀，也不该老夫出手呀，遂厚葬祢衡于江边的沙洲上。后人为纪念祢衡，便将该洲称之为鹦鹉洲。祢衡死时年仅二十六岁。

到了唐代，李白写有一首《望鹦鹉洲怀祢衡》：

魏帝营八极，蚁观一祢衡。黄祖斗筲人，杀之受恶名。
吴江赋鹦鹉，落笔超群英。锵锵振金玉，句句欲飞鸣。
鸷鹗啄孤凤，千春伤我情。五岳起方寸，隐然讵可平。
才高竟何施，寡识冒天刑。至今芳洲上，兰蕙不忍生。

李白一生经历坎坷，虽有超人才华而不容于世。这时，他从流放夜郎的途中遇赦回来，望鹦鹉洲而触景生情，思念起古人祢衡来了，故作诗以表敬仰。

光绪二十六年（1900年）重修了祢衡墓。墓为石建，方形，额题"汉处士祢衡墓"，甚为古朴别致。今祢衡墓迁汉阳龟山南麓，大桥局背后半山腰，是武汉市1983年公布的市级文物保护单位。

费祎洞与费公祠

唐代时，有人在蛇山北面挖费祎洞，在黄鹤楼旁建费公祠，据说是费祎升仙后的栖息之所。唐人李宗孟《费公祠》一诗曰："空遗费仙迹，江山余万愁。"费祎登仙驾鹤的记载，最早见于唐永泰元年（765 年）阎伯理所作的《黄鹤楼记》，他转述《图经》："费祎登仙，尝驾黄鹤返憩于此，遂以名楼。"这一说法影响较大，以至《太平寰宇记》也予以采纳："黄鹤楼在县西二百八十步，昔费祎登仙，每乘黄鹤于此憩驾，

黄鹤楼公园中的费祎洞

费祎亭

故号为黄鹤楼。”黄鹤楼传说有好几个版本，一说飞仙者为吕洞宾。

费祎，字文伟，江夏鄳县（今河南罗山一带）人。从小父亲去世，依靠族父费伯仁生活。伯仁的姑姑是益州牧刘璋的母亲。刘璋派人迎接费伯仁入蜀，伯仁就把费祎也带到蜀地求学。正遇上先主刘备平定蜀中，费祎于是留在了益州，与汝南的许叔龙、南郡的董允名气相当。当时许靖的儿子死了，董允和费祎一同去参加葬礼。可是没有车乘代步，董允向父亲董和要一辆车子，董和便给他们派了一辆简陋的鹿车。董允嫌车不好，脸面有些挂不住，费祎却抢先登上去。到达吊唁的地方，诸葛亮等显贵都在场，他们的车都很漂亮，董允因自己的车简陋神色很不自然，而费祎却泰然自若。驾车人返回后，董和向他询问情况，知道了两人的表现后，就对董允说：“我常疑心自己分辨不出你与文伟的高下，从今以后，我清楚了。”

刘备立太子后，费祎与董允都做了太子的门客，被提升为庶子。刘禅即位后，任命费祎为黄门侍郎。诸葛亮对他甚为器重，且多次上书刘禅，要求重用费祎，并且称如果将这样的良臣遗落民间，会是蜀国最大的遗憾。有次诸葛亮外出征讨，获胜凯旋，蜀国满朝文武欢欣鼓舞，迎接的队伍排有十里之长。这时诸葛亮特意邀请费祎与自己同坐一车，费祎连连推辞，说无功不受禄。但是诸葛亮执意要求费祎同车，费祎拒绝不过，只得上车。满朝文武见后，无不羡慕，从此也对费祎另眼相看。虽然备受器重，但费祎却非常低调。粗茶淡饭，粗布衣服，出来进去，从来不骑马乘车，如同庶民。

费祎也很善于调节蜀吴两国之间的关系。刘禅在位期间，因费祎每次奉命出使办事，都能符合皇帝的心意，故常被派出使吴国。每次去他

费祎与诸葛亮同载

总是被孙权和满朝文武故意刁难，诸葛恪、羊衜等都才能卓越，很有辩才，论辩责问言辞锋利，而费祎与他们谈论时却言辞舒畅、含义深刻，据理作答，表现得有礼有节，不卑不亢。吴国君主孙权晚年性格乖张，经常会莫名其妙地做出一些让人匪夷所思的事情，由此蜀吴的关系就经常因孙权反复无常而出现裂痕。而每次只要费祎出使吴国，两国紧张的关系便会好转。与孙权交流过程中，每每孙权都被费祎说得心服口服。孙权对他十分器重，曾说："先生天下淑德，将来一定会成为蜀朝的重臣，恐怕不能常来东吴了啊。"可见孙权对费祎的重视与喜爱。

建兴八年（230 年），费祎被调任中护军，后又调任司马。这时军师魏延与长史杨仪两人互相憎恨，每次论事时他们都会彼此指责。费祎

蜀汉四英雕塑（诸葛亮、蒋琬、费祎、董允）

常坐在他们中间，分别予以劝解。

延熙七年（244 年），魏军驻扎在兴势，后主刘禅授予费祎符节率军前往抵御。光禄大夫来敏到费祎府上为他送行，请求和他下围棋。当时军书往来传递，人马均已披上甲衣，严整待令出发，费祎与来敏专心下棋，毫无厌倦的神色。来敏说："刚才只是试一试您罢了！您确实让人放心，此次前往一定能打败敌人。"费祎赶到前线，魏军就撤退了，费祎被封为成乡侯。蒋琬执意辞去他在州中的官职，费祎又兼任益州刺史。费祎主持国事时的政绩名望，大体上可与蒋琬并列。

费祎文武双全，对内可安邦，对外可定国。费祎主政蜀汉期间，蜀汉内部事务被他处理得井井有条，朝中一应庆赏刑威，都能处理得得心应手。且他常于早上听知政事，其间还能接纳宾客，饮食嬉戏，可是每每都能够尽宾客之欢，而不废自身大事。后来董允代费祎为尚书令，也意欲效仿费祎之行，但朝中大事却多所愆滞，引得董允不得不叹道："人的才力竟可相去若此之远，此实非我之所能及啊！"

延熙十一年（248 年），费祎离开京都驻守汉中。从蒋琬到费祎，虽然身在朝外，但奖赏惩罚之事，朝廷都要先向他们征求意见，然后才施行，可见他们备受后主的推重与信任。费祎为官清廉，家无余财，精力全放在国家建设上，却不想被贼人刺杀身亡。延熙十六年（253 年）的岁首大会，魏国降将郭循也在座。费祎畅饮沉醉，被郭循杀害，赐谥号为"敬侯"。

文人墨客咏南楼

在蛇山的中部，即今解放路司门口铁路天桥这个位置，在宋代时有一座楼叫南楼。南楼又有白云楼、安远楼、瑰月楼、楚观楼等别称，是蛇山古代四大楼台之一。四大楼台是黄鹤楼、头陀寺、南楼、北榭。据《舆地纪胜》载，南楼“在郡治南黄鹄山顶上，有登览之胜，旧基不知其处……元祐间守方泽重建……记文以为庾亮所登故基”，“今鄂州南楼乃白云楼故基，元祐中太守方泽因其废墓，以南楼名之，非其旧也”。可知蛇山旧有南楼，到元祐时毁圮已久，方泽到任后将蛇山顶的“白云楼废墓”加以重建后叫作南楼，并称其是庾亮所登故基。

《世说新语》中记载了一则太尉庾亮秋夜与僚属同登武昌郡之南楼的轶事，勾勒出庾亮镇守武昌期间，秋夜乘兴登楼，踞坐胡床，与僚属竟夕咏谑的洒脱形象。太尉庾亮在武昌（今鄂州）的时候，正值秋夜天气凉爽、景色清幽，他的属官殷浩、王胡之等一班人登上南楼吟诗咏唱。正在吟兴高昂之时，听见楼梯上传来很重的木板鞋的声音，猜测是庾亮来了。接着庾亮带着十来个随从走来，大家就想起身回避。庾亮慢条斯理地说道：“诸君暂且留步，老夫对这方面兴趣也不浅。”于是就坐在马扎上，和大家一起吟咏、谈笑，满座的人都尽情欢乐。庾亮和属官于南楼歌咏嬉戏被传为佳话，后人就用“南楼咏谑”指称吟咏欢娱的

今天蛇山上的南楼

雅兴。

蛇山南楼并非庾亮所登之楼。东晋时期武昌郡原为三国吴王孙权在鄂县（今鄂州）所立，与方泽任知州的鄂州（今武昌）相距 76 公里。之所以会混淆，是因为鄂州在中唐时设立了“武昌军节度使”，导致武昌一名为两地共用。方泽重建南楼，既恢复了南楼登览之胜，又赋予其人文底蕴，开启了南楼成名的序幕。到北宋后期，南楼已是蛇山上的著名景观，淳熙五年陆游出蜀再经鄂州，重登南楼，抒发“登临壮士兴怀地，忠义孤臣许国心”的感慨。黄庭坚的“江东湖北行画图，鄂州南楼天下无”之盛赞，更使南楼声名远扬。

南楼在宋代多次重建，据元代宋民望《重建南楼记》称，南楼在方泽元祐重建之后，又经历了建中靖国重修、乾道初再建和庆元中又修，加上嘉定再修，南楼在宋代至少有五次大修。庆元元年，在鄂州知州吴

《黄鹄山志》中的南楼

琚主持下，南楼再获重修。《容斋四笔》载：“庆元元年鄂州修南楼，剥土有大石露于外，奇崛可观，郡守吴琚见而爱之，命洗剔出圭角，既而谛观，乃摩崖二碑。”吴琚嗜翰墨，字学米芾，曾为鄂州压云亭题匾，有“细看爽气无朝暮，浪说元规尘污人”的南楼诗句传世。《容斋随笔》所记“摩崖二碑”在王象之《舆地纪胜》“鄂州碑记”、杨守敬《湖北金石录》中均有记载。

戴复古漫游江汉时，也多次书写南楼。他初见南楼是“鄂州州前山顶头，上有缥缈百尺楼。大开窗户纳宇宙，高插阑干侵斗牛。我疑脚踏苍龙背，下瞰八荒无内外。江渚鳞差十万家，淮楚荆湖一都会。西风吹尽庾公尘，秋影涵空动碧云。欲识古今兴废事，细看文简李公文”的感受；将要离开江汉时是“汉阳门外望南楼，昨日不知今日愁”的心情；站在武昌城下仰望是“窗户半天上，南楼好寓居”；站在南楼上俯瞰江城，“两楚东吴献风月，南楼北榭拥星辰”。戴复古的江汉记忆如此美妙，不过是诗人的艺术想象罢了。与南楼相对应的还有一个“北榭”，也是文人常聚会的地方。

看一处人文景观的社会影响，既要看当时文人的题咏热度，又要看重建或修缮的频度，这些反映了景观的知名度和当地的重视程度。从北宋元祐到南宋淳祐，150 年内五修鄂州南楼，这侧面表明南楼是文人必访景点。那时黄鹤楼久圮未建，文人观景多在南楼，并涌现了大量的传世作品，范成大的《鄂州南楼》脍炙人口：

谁将玉笛弄中秋？黄鹤归来识旧游。

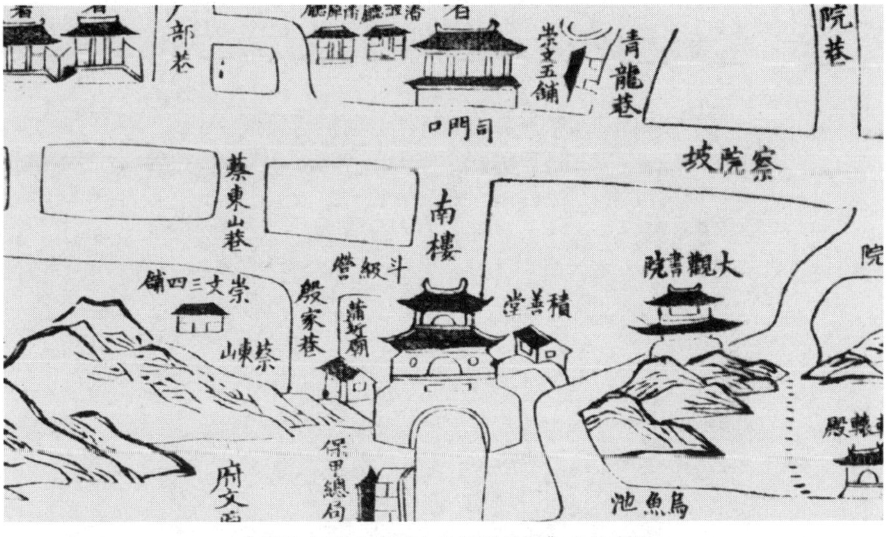

《1883 年湖北省城内外街道总图》中的南楼

汉树有情横北渚，蜀江无语抱南楼。
烛天灯火三更市，摇月旌旗万里舟。
却笑鲈乡垂钓手，武昌鱼好便淹留。

岳飞亭与岳王庙

岳飞戎马一生，出生入死，建立了不朽功勋，惜乎英年遇害，壮志未酬身先死。岳飞生在汤阴，葬在临安，而建功立业之地却是在武昌。武昌司门口明清两代湖北布政使司衙门，曾是岳飞帅府。司门口北旧有憩园，早年曾发现几块石碑，证明该处即为岳王府遗址。岳飞 31 岁至 38 岁在此度过，这 7 年正是他建功成名的阶段。

岳飞雕像

岳飞画像

绍兴四年（1134年）春，岳飞上《乞复襄阳札子》，提出收复襄阳六郡的主张。五月六日晨，岳家军向郢州（今钟祥）发起总攻，杀敌七千余人，收复郢州。之后，岳家军分兵两路，一路由张宪、徐庆攻随州。岳飞率军直抵襄阳府，与李成决战。五月十七日，收复襄阳。十八日，牛皋与张宪、徐庆合力攻下随州城。岳家军攻占邓州，收复唐州及信阳。收复襄阳六郡的胜利震动朝野。八月，岳飞晋升为靖远军节度使。收复襄阳六郡后，七月班师鄂州，从此鄂州成为岳家军的大本营。

岳飞至孝。绍兴四年（1134年），岳飞正值奉命紧张筹划收复襄汉军务之际，忽闻母亲病重消息，上疏高宗《乞侍亲疾札子》曰："臣老母姚氏，年几七十，侵染疾病，连月未安。近复腿脚注痛，起止艰难，别无兼侍，以奉汤药。人子之心，实难安处。伏望圣慈，察臣悃愊，无他规避，暂乞许臣在假，以全侍奉之养。"岳飞把母亲接到武昌，住蛇山北麓灵山寺，遗址即今民主路消防器材厂。乾隆《江夏县志》载：“宋岳武穆侨寓于鄂，依寺居焉，建灵山书院，有武穆自撰碑文，院右有银瓶井。”岳飞每天晚上都给母亲请安，并关照家人要勤换被褥，使老人家舒适、温暖。一旦出征，又嘱咐妻子好好侍奉母亲。绍兴六年三月十六日，岳母病故，岳飞父子赤脚扶灵柩出小东门，把岳母送到庐山安葬。后人为纪念岳飞，将武昌小东门改名忠孝门。

绍兴六年（1136 年）再次北伐，占伊阳、洛阳，后因孤军奋战而被迫撤回鄂州。岳飞在鄂州紧张地进行北伐的准备，偶得半日闲暇，登上黄鹤楼，凭栏望北，悲壮地写下《满江红·登黄鹤楼有感》：

遥望中原，荒烟外，许多城郭。
想当年、花遮柳护，凤楼龙阁。
万岁山前珠翠绕，蓬壶殿里笙歌作。
到而今，钱骑满郊畿，风尘恶。
兵安在？膏锋锷。民安在？填沟壑。
叹江山如故，千村寥落。
何日请缨提锐旅，一鞭直渡清河洛。
却归来、再续汉阳游，骑黄鹤。

次年，岳飞改任荆湖南北襄阳府路制置使，封武昌郡开国侯。

在武昌民主路蛇山洞的山顶上有岳飞亭，始建于 1937 年。当时正值抗战期间，武昌市民在清理岳王庙遗迹时，从瓦砾中发现一尊镌刻有岳武穆遗像的青石碑，系明万历十年四月所刻，碑背面有云南太和（今大理）人张翼先所撰像赞：“於赫维王，英风万古，穆穆其文，桓桓其武。壮志吞胡，精忠报主。肃瞻遗像，如熊如虎。浩气堂堂，八方按堵。翊我邦家，有秩斯祜。”

岳武穆遗像亭（简称岳飞亭）

此碑的发现激发了武昌市民的抗日热情，大家将碑移至蛇山，并专门修建了一个碑亭。亭额“岳武穆遗像亭”为孔庚先生题，两边立柱上楹联为：

撼山抑何易撼军抑何难愿忠魂常镇荆湖护持江汉雄风大业先从三户起

文官不爱钱武官不怕死奉谠论复兴家国留得乾坤正气新猷端自四维张

早先，武昌城东还有岳王庙。武昌岳王庙是全国第一座忠烈庙，由宋朝孝宗皇帝诏令修建，同时御赐香火田 1000 亩。岳飞冤案昭雪后，鄂州首先请求为岳飞建庙。湖北转运司赵彦博于乾道六年二月上书孝宗皇帝，呈请在鄂州为岳飞建立庙宇。全国有四大岳王庙，系指开封朱仙镇、汤阴、武昌和杭州岳王庙。武昌岳王庙在武昌古城大东门内，始建于宋乾道六年（1170 年），当时孝宗皇帝御赐匾额“忠烈庙”。朝廷又于嘉泰四年（1204 年）追封岳飞为鄂王。《湖广武昌府志》载：“岳王庙在江夏县有二,一在县东五里旌忠坊，宋乾道六年（1170 年）建，七月六日庙落成。明正德十年（1515 年）布政使周季凤即旧将台驿址重建；一在宾阳门青草坡，明万历中巡抚李桢建。”后来人们习惯称作“岳王庙”，庙里存放着《岳氏家谱》，供奉着岳飞、岳云、岳雷的神像与牌位。清咸丰初年该庙不幸毁于兵燹，其庙址及黄土坡岳氏坟山旧址，现为中南财经政法大学首义校区，现遗址仅存岳王台。

武昌岳王庙屡经历史的变革。此庙原指定由岳云的长子长孙看护，清兵入关后，清王朝为了教育臣民忠于朝廷，特将岳王庙纳入官庙管理。据地方志记载：乾隆元年，朝廷主动拨款重修武昌岳王庙，光绪七至八年，朝廷连续两年拨巨款对其进行维修。清末以来，岳氏宗族重大祭祀活动就形成了南在武昌岳王庙，北在河南汤阴岳工庙的格局。

黄庭坚南楼书事

黄庭坚（1045—1105 年），北宋诗人，书法家。字鲁直，号山谷道人。洪州分宁（今江西修水）人，治平四年（1067 年）进士，江西诗派的开山祖师，书法与苏轼齐名。黄庭坚 13 岁那年，其父黄庶在康州任上逝世，15 岁便跟随舅父李常到淮南游学。嘉祐六年（1061 年），黄庭坚在扬州结识诗人孙觉，后来孙觉把女儿兰溪许配给了他。嘉祐八年（1063 年），黄庭坚参加省试，但名落孙山。英宗治平四年（1067 年），黄庭坚登进士第。初任余干县主簿，后调汝州叶县县尉。熙宁五年（1072 年），诏举四京学官，考得优等，被任为北京（今河北省大名县）国子监教授。在京七年，致力于诗歌创作。元丰元年（1078 年）作了两首古风，投书徐州太守苏轼。苏轼读其诗，给予高评，认为“超逸绝尘，独立万物之表，驭风骑气，以为造物者游。非独今世之君子所不能用。虽如轼之放浪自弃，与世阔疏者，亦莫得而友也。”黄庭坚因此诗名大震，两人也心心相印，结下深厚的友情。

神宗即位后，任王安石为宰相，开始实行新法。但是，新法遭到以司马光为首的保守派反对，新旧两党矛盾重重，斗争愈演愈烈，一直斗到北宋灭亡。在这场斗争中，黄庭坚属保守派，站在旧党一边。他虽然没有直接参加这场斗争，但一直卷在斗争的旋涡里。元祐八年（1093

黄庭坚像

年），被任为国史编修官。这年哲宗亲政，九年改元绍圣，表示要继承神宗在熙宁、元丰年间的政策，并起用新党的蔡京等人。元符三年（1100 年）正月，哲宗薨，徽宗即位，暂由太后向氏听政。五月，诏复司马光等三十三人入官。十月，蔡京被贬出京。次年改元为建中靖国元年（1101 年）。四月，黄庭坚召为吏部员外郎，他两次上表，说明身有羸疾，请求在太平州或无为军做一个地方官。

崇宁元年（1102 年）四月黄庭坚接到知太平州任命。谁料只当了 9 天知州，再度罢官，只得暂往鄂州（今武昌）流寓。此时苏轼已殁于常州，朝廷党争余波未息，其好友张耒因“闻苏轼讣，为举哀行服”再遭贬斥，将第三次贬官黄州。黄庭坚闻讯，便系舟武昌，一则游览西山胜景，凭吊苏轼遗踪；二则专候张耒，以便晤面。恰逢松风阁落成，正待贤者为之赐名。黄庭坚乃当世名贤，此番以逐臣的身份游西山，遂以“松风”为阁命名。《松风阁》是黄庭坚晚年之作，歌咏当时所看到的景物，并表达对朋友的怀念。

松风阁

依山筑阁见平川，夜阑箕斗插屋椽。
我来名之意适然。
老松魁梧数百年，斧斤所赦今参天。
风鸣娲皇五十弦，洗耳不须菩萨泉。
嘉二三子甚好贤，力贫买酒醉此筵。
夜雨鸣廊到晓悬，相看不归卧僧毡。
泉枯石燥复潺湲，山川光辉为我妍。
野僧旱饥不能饘，晓见寒溪有炊烟。
东坡道人已沉泉，张侯何时到眼前。
钓台惊涛可昼眠，怡亭看篆蛟龙缠。
安得此身脱拘挛，舟载诸友长周旋。

黄庭坚手书的《松风阁诗帖》堪称行书之精品，经辗转流传，清道光年间此帖曾到鄂籍王家璧（孝凤）手中。王家璧是道光二十四年（1844 年）进士，授兵部主事，先后佐理曾国藩、左宗棠营务，曾创设厘局，以应军需。他任顺天（河北）乡试誊录官、会试受卷官之职，乘任职之便，有心搜集到鄂州之故物黄庭坚《松风阁诗卷》和宋代蔡襄墨迹等传世文物，并携带回鄂。道光举人柯茂枝题《黄山谷松风阁诗卷并序》云：“王孝凤武部得此卷于柳君吕臣，盖元时长公主家故物，上有名贤十数人诗跋，又常为携李天籁阁所藏，项子京下令之私印尤多，询希之珍也。”此珍稀名帖，现藏于台北故宫博物院。

王家璧精研《周易》及老庄之学，著有《王氏家集》四册、《狄云行馆奏稿》八册、《武昌志》十三册、《编年稿》二十一册、书札十一

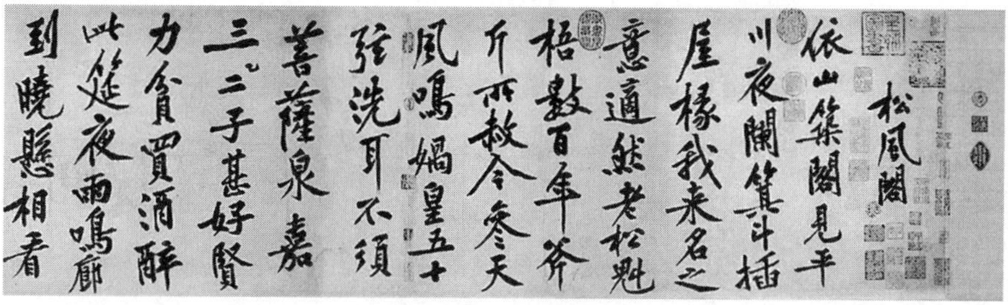

《松风阁诗帖》（局部）

册、诗文十四册、杂著十三册、师友诗文抄二十四册，其诗文多记太平天国事，函牍多涉太平军及少数民族起义事。还有一些解经、注经的著作，均为未刊书稿，大都藏于湖北省图书馆。王家璧遗著出版计划已列入《荆楚文库》。

崇宁元年(1102年)，黄庭坚寓居鄂州后即登南楼，叹其制作之美，翌年六月再登，写下了《鄂州南楼书事》组诗（四首），以下为四首之先：

四顾山光接水光，凭栏十里芰荷香。
清风明月无人管，并作南楼一味凉。

当夜纳凉南楼，居高临下，他的眼前就是古南湖，纵目之所见，山与水在月光下交相辉映，凉爽的夜风中，荷花清香扑面而来。起句境界阔大，气象不凡，结句更是叫人回味无穷。人们都将“清风明月”理解为自然风和天上月，其实不然，笔者有另一层理解，黄庭坚很有可能指的是清风井和明月井。这两井是武昌掌故“三台八井”中排在首位的古井，位于黄鹤楼和南楼之间，井水在夏天也是凉的，故有“并作南楼一味凉”。

黄庭坚流寓鄂州，其时徽宗亲政，蔡京为相，新党重新握权，对旧党人迫害比绍圣年间更加残酷，崇宁二年（1103 年）四月，下诏销毁三苏、秦观和黄庭坚文集。副宰相赵挺之暗中指使荆州转动判官陈举从黄庭坚撰《承天院塔记》中摘取“天下财力屈竭”等语，诬告黄庭坚“幸灾谤国”，使其受到“除名羁营宜州”的处分。崇宁三年（1104 年）三月，黄庭坚到宜州贬所，初租民房，后迁寺，一再被官府刁难。翌年五月，搬到城头戍楼里栖身，终日读书赋诗，不时有人慕名前来求教，他则有求必应，诲人不倦。中国士大夫在仕途上不得志时，往往刻意于文辞，黄庭坚其诗词造诣开宗立派，这是很了不起的事。崇宁四年（1105 年）九月三十日黄庭坚病逝于戍楼，终年六十一岁。

三楚雄风陈友谅

长江大桥蛇山引桥之南，离武昌桥头堡不远处，有陈友谅墓，是武汉城区内唯一的帝王陵墓。该墓坐北朝南，墓前有一架古朴的石牌坊，正额书“江汉先英”，背额书“三楚雄风”，字里行间充满着悲壮及敬仰。牌坊后方上 16 级石阶，就是圆形墓冢，前竖两米多高的“大汉陈友谅墓”碑。1908 年，万耀煌、耿仲钊等发现此墓，民国元年（1912 年），湖北省内务司议请整修，次年建成完工。1956 年，武汉市人民政府在

陈友谅墓

原基础上给予修葺。

元末天下大乱的时候，陈友谅和朱元璋先后都加入到了义军之中。朱元璋加入的是韩林儿的义军队伍，其崛起靠的是郭子兴。他娶了郭子兴的义女，郭子兴去世后，朱元璋继承了郭的遗产。陈友谅加入的是徐寿辉的义军队伍，投效其将领倪文俊麾下。倪文俊是徐寿辉的心腹爱将，其人野心极大，他想干掉徐寿辉并取而代之，但失败了，便逃到了部将陈友谅那里。而陈友谅的野心则比徐寿辉更大，至正十七年（1357年）九月，陈友谅袭杀倪文俊，自称宣慰使，起兵攻下江西诸路，连克江西、安徽、福建等地。至正十九年（1359年）杀天完将领赵普胜，挟徐寿辉迁都江州（今九江），自立为汉王。次年，杀徐寿辉，夺取了徐寿辉的全部遗产，随即登基称帝，国号汉，改元大义，以邹普胜为太师，张必先为丞相。陈友谅鼎盛时，其疆域囊括湖北、湖南、江西三省及安徽省南部，成了元末义军中最大的势力。

陈友谅是朱元璋最大的竞争对手，双方展开了你死我活的大比拼。至正二十三年（1363年），陈友谅率大军六十万，船载家属百官，尽发精锐进攻南昌。朱元璋的堂侄朱文正及郑愈坚守南昌三个月，朱元璋亲自率军前去援救。陈友谅听说朱元璋将到，便撤除对南昌的包围，向东出鄱阳湖，与朱元璋在康郎山相遇。陈友谅是湖区出生的人，习水性，善水战，集合巨舰，用铁链将巨舰连成一片，犹如水上的城堡，坚不可摧。朱元璋军不能正面攻打，连战三日，损兵折将，渐感不支。但不久刮起了东北风，朱元璋想起三国的赤壁之战，于是下令火攻陈友谅的战船，这下陈友谅傻了眼，进退不得，眼睁睁被大火烧得自乱阵脚，其弟陈友仁等也被烧死了。朱元璋船小好调头，轻便易行，随后扼守住湖口，拦截陈友谅军的退路，将其包围来了个关门打狗。

两军相持数日，陈友谅就如何突围征求将军们的意见。右金吾将军曰："出湖难，宜焚舟登岸，直趋湖南图再举。"左金吾将军曰："此示弱也，彼以步骑蹑我，进退失所据，大事去矣。"陈友谅认同右金吾将军的建议，但又下不了决心。左金吾将军因其意见未被采纳，便率部投降了朱元璋；右金吾将军知悉后，也率部投降。大汉将士多数是天完旧部，对陈友谅的篡权夺位早就深为不满，在大限到来时，纷纷争相倒戈，使陈友谅接连败北。

陈友谅的处境更加困难。这时朱元璋也是兵不血刃，修书给陈友谅，内容大致如下："我想与公约定，各安一方，谁坐江山，全凭天命。而你想加害于我，结果失策了。我以少胜多，抢你龙兴十一郡地盘。你还不知悔改，复构兵端。一困于洪都，再败于康郎，亲同骨肉的将士，重罹战火，生灵涂炭。即便你侥幸生还，也应当取消帝号，等待真主人出现，否则你将丧家灭姓，悔之晚矣。"陈友谅收到信后怒不可遏，也不作答复。

日子一长，粮食缺乏，陈友谅军只得突围出湖口。朱元璋将领们自上游截击之，双方大战于泾江口。好一场大战，汉军且斗且走，从白天打到了日暮时分，双方打得难解难分。陈友谅从舟中站起身指挥，不幸被流矢射杀，死于鄱阳湖战场。汉军大溃，太子被擒。太尉张定边挟陈友谅次子陈理，载着陈友谅的尸体趁夜逃回武昌。

陈友谅与朱元璋争夺天下失败，其政权元气大伤，但尚未被朱元璋完全兼并。张定边等人在武昌立陈理为王，改元德寿，继续跟朱元璋死杠。是年冬季，朱元璋亲征武昌。第二年二月再亲征。汉军丞相张必先自岳州来援，常遇春击擒之，示众于城下。张必先是一员猛将，骁勇善战，军中外号"泼张"，士卒倚仗为主心骨。及张必先被擒，城中守城士卒非常害怕，想投降的人很多。朱元璋乃遣陈友谅故臣罗复仁入城招降陈理。陈理入军门投降，朱元璋见陈理幼弱，掖之起，握其手曰：

朱元璋像

“吾不治罪于你也。”随即将陈理带回应天（今南京），授爵归德侯。

朱元璋平武昌后，来到陈友谅墓前祭奠，并题“人修天定”四字。公元 1368 年，朱元璋击败陈友谅、张士诚、方国珍等竞争对手后，在南京称帝，建立大明王朝，年号洪武，开创了大明王朝两百多年的基业。

洪武五年（1372 年），朱元璋把陈理及大夏政权明玉珍的儿子归义侯明升等一共 27 人迁到高丽，遣元降臣枢密使延安答理护行，还送了些绫罗绸缎给高丽王，要他善待陈理。他们一行人到了高丽后，受到高丽恭愍王的接见。陈理被称为陈王，但生活过得很艰苦，享寿 57 岁。

官胡二公祠寻踪

晚清的四大中兴名臣，一说是指曾国藩、左宗棠、彭玉麟、胡林翼这四人。这四人中，曾国藩、左宗棠大家耳熟能详，对彭玉麟、胡林翼可能知之甚少。《黄鹄山志》载："胡公祠在黄鹤楼后，祀巡抚胡林翼。"同治三年（1864年），总督官文撰文，巡抚严树森书碑立于祠中。不久官文死。同治十年（1871年）奉旨敕建官胡二公祠，由时任总督李瀚章、巡抚郭柏荫奏准合建。

《清史稿》列传一百七十五记官文，列传一百九十三记胡林翼。官文是湖广总督，满洲正白旗人，出身军人世家，年纪轻轻便做了殿前蓝翎侍卫，屡迁至头等侍卫，出为广州汉军副都统。此人"根正苗红"，谙熟官场，慈禧太后对他青睐有加，恭亲王也很喜欢他。胡林翼，益阳人，出身官宦世家，其父胡达源为四品京堂。胡林翼8岁那年，陪着爷爷在益阳修志馆编修志书，被回老家探亲的陶澍看中，并订下了娃娃亲。陶澍对胡林翼的影响颇大。胡林翼24岁进京会试，考取进士，点了翰林。

1841年，胡父胡达源病逝。按照清朝的礼制，胡林翼辞官返乡守丁忧。1845年，胡林翼回到了京城，在家属和学生的资助下，花一万两银子捐了个知府，并有意选择贵州，在赴任前"遍谒先茔，誓不取

《黄鹄山志》中的官胡二公祠图

官中一钱自肥以贻前人羞”。胡林翼先后任安顺、镇远、黎平三地的知府，在安顺任上收时年 11 岁的张之洞为入门弟子。

当时贵州匪患猖獗，胡林翼带领官兵剿匪，因功被提拔为贵东道员。在贵州与盗匪作战时，胡林翼积累了宝贵的作战指挥经验。1854 年，胡林翼奉命率部来到湖北，与太平军作战，在对战太平军时表现得相当勇敢。湘军主帅曾国藩很赏识胡林翼，认为他“胆识过人，才大心细”，奏报朝廷后让胡林翼独立指挥一支军队，协助湘军作战。

1855 年，太平军攻克湖北重镇武昌，巡抚陶恩培自杀。咸丰皇帝下了一道圣旨，要胡林翼署理湖北巡抚，巡抚是二品官，相当于省长。胡林翼在罗泽南、杨载福等将领辅佐下，花了一年多时间，终于夺回了武昌。镇压太平军的主力部队是由曾国藩统领的湘军，胡林翼是曾国藩的得力干将。他在湖北带领湘军锁定长江上游，稳定后方，给前方的湘军提供了源源不断的给养，解决了曾国藩的后顾之忧。“武昌既复，林翼威望日起”，胡在湖北的影响越来越大，朝廷就有些不放心了。咸丰六年（1856 年），胡林翼升任湖北巡抚，前总督杨霈被免职，新任总督是满人官文。总督比巡抚官大，是从一品。

胡林翼上任后，首要问题是如何处理好与官文的关系。胡林翼既做过地方官，又打败过太平军，是一个能力很强的人。而官文从内务府直接外放荆州将军，再到总督，他的优越条件在于出身好，是正宗旗人，但完全不谙政事。当官文到武昌上任之后，胡林翼看官文怎么看都不顺

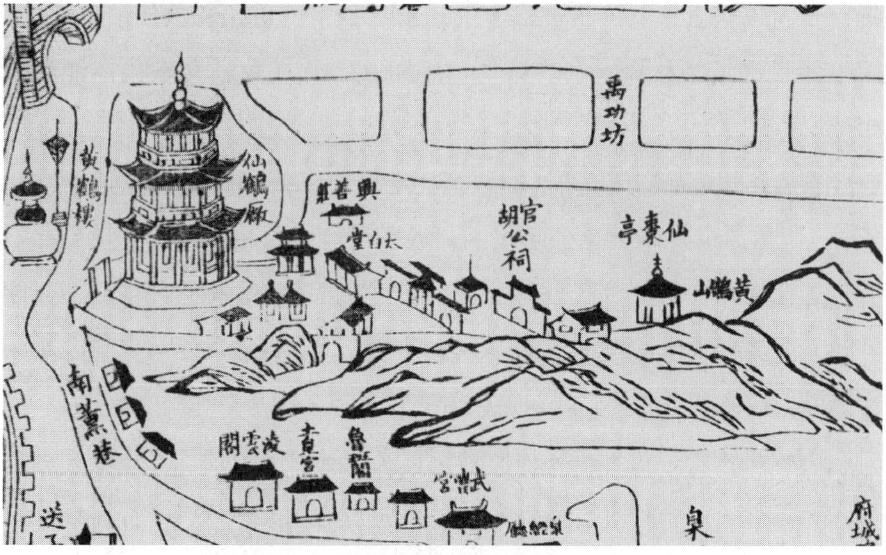

《1883 年湖北省城内外街道总图》中的官胡公祠

胡林翼像

眼，此人太贪财。胡林翼也找到了官文收黑钱的证据，于是立马就写奏折，要向咸丰告官文的状。临上书之前，胡将奏折给幕僚阎敬铭看了，阎当即阻止了胡林翼上书。正是这一阻止，让胡林翼和官文还能和平相处。

阎敬铭，道光二十五年（1845 年）进士，户部主事。咸丰九年（1859 年），胡林翼听说阎敬铭公正不阿，遂奏调湖北任用，帮助整顿湖北财务，总管湖北前线粮台营务，后赴岭东乡剿匪有功，擢升郎中，历任候补四品京堂。胡林翼称其“公正廉明，实心任事，为湖北通省仅见之才”，擢升湖北按察使。后来，阎敬铭极得慈禧赏识，官至户部尚书。

阎敬铭认为，对于胡林翼而言，官文做总督是最佳人选。官文虽无能力又贪财，但是赶走官文，来一个有能力的人，两人岂不斗得你死我活？你治理好了湖北，上奏时将他排在前面，他自然会感激你，而不会

官文像

找你的麻烦，你想干什么就干什么。

胡林翼何等聪明之人，阎敬铭一番话，真是醍醐灌顶，从此冉也不赶官文走了，还主动向官文示好。巡抚与总督大人联袂唱了一曲《将相和》，把湖北弄成了“满汉团结”的模范。

史书记载，胡对官文“执礼甚恭”，每月都将一大笔银子打到官文私人账户上，“岁糜十万金供之”（《清史稿·官文传》），差不多是月入万两银子。被重金套牢的官文，对胡林翼自然十分满意。

一般人干出点成绩，决不会白送人。胡林翼在湖北干得风生水起，经常受朝廷的表彰，每次抚台大人总是谦虚地说：“这一切都归功于总督大人领导有方，没有他的支持，湖北怎能治理得这么好！”胡经常在上司面前这样说，官文感觉胡不贪功，是个聪明人。这样的手下谁不放心？官文索性放手，让胡甩开手脚干。《清史稿》载：“武昌既复，林翼威望日起，官文自知不及，思假以为重，林翼益推诚相结纳，于是吏治、财政、军事悉听林翼主持，官文画诺而已。不数年，足食足兵，东南大局，隐然以湖北为之枢。”

胡林翼向来重视调和同僚之间关系。杨岳斌和彭玉麟是湘军水师的两大统领，都有些脾气，曾为一些事而闹僵。胡林翼看在眼中，便邀请二人前来商量军情。二人一照面就要走，却被强行拦下，彭杨二人相对无语，场面很是尴尬。胡则设席开宴，“酌酒三斗，自捧一斗，跪而进曰：‘现在天下糜烂到如此境地了，的确是仰赖二位和衷共济，支撑危局。如今就别闹别扭了，要不然如何佐治中兴大业呢！’说完泣下沾襟。”彭和杨也都是性情中人，一见胡林翼如此至诚，当即大为羞愧，赶紧扶起抚台大人，并谢罪道歉，遂和好如初。

官文、胡林翼相互不斗，和平共处，湖北很快也就安定下来并迅速完成战后重建，后来武昌成为湘军重要基地，官文、胡林翼建大功。尤其是官文，曾国藩在奏报平定太平军的功臣时，将他位列第一。胡林翼犹如东晋的卫玠，有瑜亮高才，却是蒲柳弱质，积劳成疾，死于盛年。后人为纪念他，将蛇山北麓司门口至横街头这一段路命名为胡林翼路，新中国成立后改名民主路。

彭佛初《拙庵联话》:（黄鹤楼）楼旁有官胡二公祠，建于洪杨平定之后。二公有功于鄂，故立祠以报之。予先大父于蕃公有二联云：

滇黔曾忝齐名，我不如公多武略；
江汉未忘遗爱，今之视昔几文忠。

廉蔺是社稷臣，善相让，过相忘，风义足为天下式；
陶庾在节镇日，离则伤，合则美，功名留与后人思。

李鸿章《黄鹤楼官胡二公祠联》：

力争武汉上游，运会佐中兴，宋相边关姚相守；

奠定东南半壁，馨香隆美报，羊公碑石杜公祠。

风度楼改奥略楼

清光绪十五年（1889年）12月17日，52岁的两广总督张之洞乘粤秀轮，由广州北上，途经上海，再溯长江抵达武昌，就任湖广总督。至光绪三十三年（1907年）调任军机大臣离鄂，张之洞在湖广总督的位子上一干就是18年，口碑一直不错，突然被调到京城，湖北许多门生与同僚依依不舍。为了纪念张之洞在湖北的功绩，他的弟子和部下们决定为他修建祠堂和楼阁。其中军界计划在武昌宾阳门内蛇山建抱冰堂（张之洞自号抱冰老人），学界则准备在黄鹄山上建造风度楼。

张之洞像

民国时期的奥略楼旧影

张之洞听闻此事后，马上给湖北发一封电报，要求停止施工："昨阅汉口各报，见有各学堂师生及各营将佐弁兵，建造屋宇，以备安设本阁部堂石像、铜像之事，不胜惊异。本阁部堂治鄂有年，并无功德及民，且因同心难得，事机多阻，往往志有余而力不逮，所能办到者，不过意中十分之二三耳。抱疚之处，不可殚述。各学、各营此举，徒增愧歉。尝考栾公立社，张咏画像，此亦古人所有；但或出于乡民不约之同情，或出于本官去后之思慕。候他年本阁部堂罢官去鄂以后，毁誉祝诅，一切听士民所为。若此时为之，则以俗吏相待，不以君子相期，万万不可！该公所、该处，迅即传知遵照，将一切兴作停止。点缀名胜，眺览江山，大是佳事，何以专为区区一迂儒病翁乎？"

既然张之洞反对，抱冰堂和风度楼何以还是建好了呢？可见那些老部下们听出了张之洞的弦外之音，所以把两栋建筑都完成了。次年，张之洞又电致武昌陈制军云："黄鹄山上新建之楼，宜名'奥略楼'，取《晋·刘弘传》'恢弘奥略，镇绥南海'语义。此楼关系全省形势，不可一人专之，务宜改换匾额，鄙人即当书寄。"风度楼旋易名奥略楼，为张之洞亲手所书。

由于奥略楼是建在黄鹤楼遗址上，人们习惯把奥略楼也称作黄鹤楼，当年武昌显真楼照相馆就在奥略楼左近。

显真楼照相馆是鄂城葛店人严添承先生开的，严先生起先是在街头给人画像、卖字画营生，后来看到一日本人在黄鹤楼后边开了一家照相馆，生意甚好，逐弃画从影。他以教日本人画中国画为掩护，偷学了照相技术，也在黄鹤楼旁的六角亭立足，并渐渐地发达起来。辛亥革命后，严先生的儿子赴日本研习摄影技术，可谓子承父业，学成后回国，

民国初年的奥略楼与显真楼照相馆

辅佐父亲逐步扩大经营，建造了显真楼和品江楼（茶楼）等产业。

显真楼为无数游客拍了无数的照片，题名多为“摄于黄鹤楼”，还有名信片也是选择奥略楼作封面，题名也是黄鹤楼。奥略楼高 3 层，楼体呈矩形，屋顶前方建小骑楼式檐顶。但因此楼的建筑造型与黄鹤楼有某些相似之处，而且也挂了“南维高拱”匾额及“大江东去”“爽气西来”的对联，又坐落于黄鹤楼故址，故许多年都被游人误认为黄鹤楼，并为黄鹤楼当了 47 年替身，该楼于 1955 年修建长江大桥时被拆除。

蛇山南麓抱冰堂

抱冰堂位于蛇山中部南麓，坐北朝南；砖木结构，台基石砌；面宽5间，进深3间；九脊四坡顶；四周檐下环以外廊，梁檩门窗雕以各种禽兽花卉图案；为单层正檐歇山式穿斗镂花建筑，古朴简约，造型优美，结构精巧。1907年8月10日，张之洞离鄂进京升体仁阁大学士、授军机大臣。当年其门生故吏和军界各营将佐筹资兴建此堂，因张之洞晚年自号“抱冰老人”，故名抱冰堂，是专为张之洞建的生祠。

抱冰堂

中国传统观念认为“为官一任，造福一方”。凡为地方造福的官员，人们决不会忘记他，当他离任时，百姓为他立生祠，活着时就享受他人的崇拜，这是最高的荣誉了。张之洞就是这样一个好官。张之洞好在哪里？《新闻报》评：“若与历代贤臣相比，张之洞不愧为诤臣、能臣、良臣。”张之洞 23 岁那年参加会试，因族兄张之万为同考官，循例回避；第二年应恩科会试，又因同样原因没考成。同治二年（1863 年）他会考中探花，入翰林院，授七品编修，从此步入仕途。之后，张之洞历任湖广学政、四川学政、内阁学士、山西巡抚等职，光绪十五年（1889 年）出任湖广总督。一种说法是张之洞与曾国藩、李鸿章、左宗棠并称晚清四大名臣，堪称国之栋梁。张之洞直至光绪三十二年（1907 年）入阁拜相，前后近 20 年时间在武昌推行洋务新政，兴实业，办教育，练新军。

光绪十五年，张之洞调任湖广总督，大力开展以练兵、兴学、办厂为三大端的湖北洋务新政，尤以练兵为第一要务。他向朝廷奏请将南京自强军中已经练成的原江南护军前营 500 人调至湖北，获准后，即以这 500 人为班底，分成前后两营，以张彪、岳嗣仪为两营管带官，德国将领贝伦司多尔夫为总教习，参用德国军制，募勇补足两营额数，编成湖北护军，计有弁勇 1000 人，马百余匹，委吴殿英以都司衔监操官，组训新军，湖北新军由此发端。

张之洞又将原武恺军、武防军、武建军等正式改编为湖北常备军左、右两翼，1904 年两翼改为二镇（相当于师），分由张彪、黎元洪任统领，有官兵 12959 人。从 1895 年到 1906 年，湖北先后开办了武备学堂、武高等学堂、陆军测绘学堂等军事学堂和许多训练班，培养了近 5000 名军事人才，安置在新军各级岗位上。《清史稿》记载，光绪三十三年（1907 年），清廷确定新军编制，规划全国陆军 36 镇，分湖

清末湖北新军

北两镇指标：第 8 镇和第 11 镇。当时第 11 镇尚未练成，实有陆军第 8 镇和暂编第 21 混成协（相当于旅）。第 8 镇有士兵 10502 人，军官 702 人；第 21 混成协有士兵 4612 人，军官 288 人，全军官兵合计 16104 人。

张之洞把文化素质作为募兵的一项重要条件，1898 年工程队扩充为工程营时，规定“专选二十岁以下兼能识字者方准收入”。1902 年，“入营之兵必须有一半识字”列为《湖北练兵要义》第一条。新军招收了大批秀才入营，同时重视士兵入营后的教育。1902 年，张之洞在新军各旗、营分设大、小讲堂，辟设阅报室，创设湖北陆军特别小学堂，于士兵中考选文理通顺者，“昼则来堂讲求学科，夜则归营”，更番培训，从而使士兵文化程度大幅提升。

湖北新军将领多选自武备学堂学生，士兵大部分系新招募，新兵相对质朴，将领则较开明，这样的军队易为革命党人所争取。再加上共进会与文学社奉行“抬营主义”，以湖北新军为重点发展对象，其策略是派遣革命党人打入新军，或利用新军中的骨干做策反工作，争取一个队、一个营、一个标成建制地转化，加入革命队伍，实现整体“抬营”。1903年武昌花园山聚会时，吴禄贞最先提出“抬营主义”，而真正实施“抬营”者是湖北共进会和文学社等革命组织。至辛亥首义前夕，湖北新军直接加入共进会与文学社的已达两千多人，受其影响的有四千多人。

值得一提的是，以邓玉麟为代表的武昌革命党人，通过宣传发动，基本掌握了湖北新军基层部队，使之转变为革命武装。共进会的力量在工程第八营和炮兵第八标中最强，两支部队在首义之夜成建制参加起义，分别打响首义第一枪和第一炮。邓玉麟担负炮八标的联络工作，全标共有一千多名官兵参加首义夜之战，起义人数最多，火力最强，被认为是“党人实行抬营主义的成功范例”，湖北新军成为推翻清王朝的首义之师绝非偶然。湖北新军由张之洞亲手创建，故孙中山先生评价张之

民国时期的抱冰堂

洞是不言革命的革命家。

抱冰堂东边不远处建有一瞭望亭，站在亭上向南俯瞰，左旗右旗尽收眼底，据说此亭就是当年专为外国教官而建的。抱冰堂的西边不远处有一栋平房，现在标识是“卢立群旧居”，据卢立群之孙卢纲先生考证，这儿曾是当年湖北新军军官俱乐部。了解到这些背景之后，才明白抱冰堂建于此再恰当不过了。抱冰堂曾于 1953 年进行过修葺。1981 年辛亥革命 70 周年时再次维修，后辟为文化活动场所，不定期举办书法、绘画、摄影展览。现为张之洞纪念馆，里面有《张之洞与武汉早期现代化》展览。现在的门额“抱冰堂”三字，为武汉大学历史系教授冯天瑜先生所书。

一块石碑一段史

业余从事碑拓的严涛先生曾在抱冰堂附近一条石板路上发现一块疑似碑，上面确实有文字，他随即报黄鹤楼公园管理处，并对碑做了拓片。根据碑文中的关键字，可称“巡捕作衣碑”，上镌刻着96个汉字。据碑文分析，张之洞细致地考虑了“巡捕作衣”的不同尺码，对大号、中号、小号服装的尺码比例作了明确说明，具有文献史料价值。百年前，张之洞本着“中学为体，西学为用”的宗旨，大胆引入西方很多先

被发现时的巡捕作衣碑

巡捕作衣碑（现藏武汉警察博物馆）

进技术、管理模式。该碑成为张之洞引入西方警务制度，在湖北、武汉建立近代警务制度的物证。

张之洞主政湖北期间，于光绪二十八年五月初一（1902 年 6 月 6 日），在武昌创办了武昌警察总局。武昌警察总局设在阅马场演武厅，总局于城内设东、西、南、北、中 5 个局，城外设东、西、水、陆 4 个局。有警察步军 550 名、马军 30 名、清道工人 202 名。武昌知府梁鼎芬、试用知府金鼎担任巡警总局正、副总办，按察使（臬司）李岷琛任督理，此为湖北第一个专门警察机构。之后，张之洞相继在汉阳、汉口、宜昌、沙市等地建立警察机构，湖北警政建设逐步在全省展开。光绪三十三年（1907 年），湖北巡警道设立，武昌警察总局改隶湖北巡警道并更名为湖北警务公所。

张之洞在创办武昌警察总局之时，就开始筹办警察的正规化教育，以每月四百银元薪金雇请在上海担任过租界巡捕房捕头的英国人珀蓝斯为总教头，并采用外国的章程和制度训练管理警察。“同年挑选弁目 20 人，赴日本学习警务。旋以所派弁目，只有备管束警察军之用，而筹办局务，必须深明警察本源精义，立法纲要，方能有益。乃派补用知县廷启、补用盐知事石沅，赴日本入警察学校，学习一切警察规法。二十九年（1903 年），在武昌阅马厂（即阅马场）设立警察学堂，派日本毕业生充当教习，教练识字警兵以规则操法，开创了湖北警察正规教育的先河。三十年（1904 年），选派文武员弁 47 名赴日本入警视厅及警察学校学习。”(《张文襄公治鄂记》)

黄鹤楼公园管理处人员赴现场查看后，将该碑带回黄鹤楼公园，为慎重起见，特请省博物馆保管部主任蔡路武先生对该碑做鉴定。蔡先生发现该碑书法与省博物馆收藏的一块张之洞手书“东南五省自保”记事碑有相通、相似之处，都显示出张之洞晚年“善用侧锋、遒劲豪

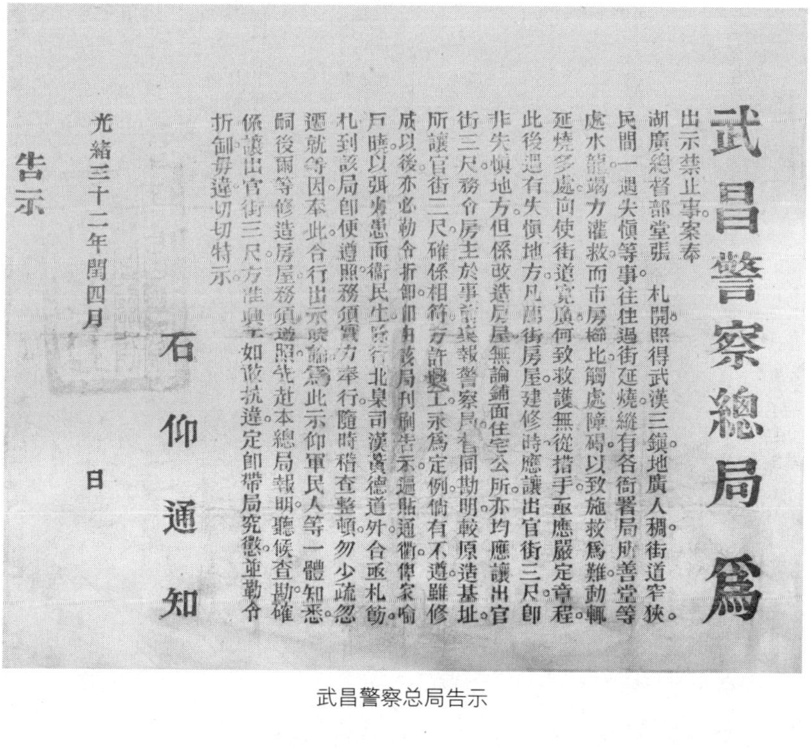
武昌警察總局爲
出示禁止事案奉
湖廣總督部堂張　札開。照得武漢三鎮。地廣人稠。街道窄狹。民間一遇失慎等事。往往過街延燒。縱有各街署局所善堂等處水龍。竭力灌救。而市房櫛比。觸處障碍。以致施救爲難。動輒延燒多處。向使街道寬廣。何致救護無從措手。亟應嚴定章程。此後遇有失慎地方。凡臨街房屋。建修時應讓出官街三尺。即非失慎地方。但係改造房屋。無論鋪面住宅公所。亦均應讓出官街三尺。務令房主於事前具報警察局。會同勘明。較原造基址。所讓官街二尺。確係相符。方許興工。永爲定例。倘有不遵。雖修成以後。亦必勒令折卸。仰由該局刊刷告示。遍貼通衢。俾家喻戶曉。以弭火患而衛民生。除行北臬司漢黃德道外。合亟札飭。札到該局。即便遵照。務須實力奉行。隨時稽查整頓。勿少疏忽。遲就等因。奉此。合行出示曉諭。爲此示仰軍民人等一體知悉。嗣後爾等修造房屋。務須遵照。先赴本總局報明。聽候查勘。確係讓出官街三尺。方准興工。如敢抗違。定即帶局究懲。並勒令折卸。毋違。切切特示。
石仰通知
光緒三十二年閏四月　日
告示

武昌警察总局告示

放”的书法特点。

根据文物普查数据，抱冰堂一带有关张之洞的碑刻，有 23 方和 24 方两种记录。严涛对这个数据存疑。十余年前，他在抱冰堂周边拓过的张之洞各类碑刻 29 方，加上这次发现的“巡捕作衣碑”，仅蛇山上与张之洞相关的碑刻至少 30 方。其中有张之洞写给李鸿章、刘坤一、盛宣怀、袁世凯等人的电牍，见证了义和团运动兴起后“东南互保”的历史；有张之洞写给亲戚王懿荣等人的书信，谈论金石文字和生活起居；还有张之洞手录前贤诗词，赠给自己子女、孙辈的手迹。有一方张之洞宴请俄皇太子的诗文碑拓，内容与《张之洞全集》所载有出入，只能留待专家考证，以求正本清源了。

第五篇 | 近代建筑

乃园改建首义公园

武昌城内私家园林倒是不少，其规模大小不等，比如说首义路黄土坡鄂园、大成路乃园、紫阳湖熊园、兰陵街湖上园，等等，但是20世纪20年代之前武昌从未有过像样的公园。早先蛇山西段南面山坡下建有首义公园，规模不大，权且称之小首义公园，该园基本上是以乃园为基础而修建的。乃园在明清两代是湖北按察使司署的后花园，占地数十亩，该园俯瞰形状如乃字，故称乃园。

按察使司署主管一省的司法行政，相当于现代的监察局、公检法机关，始建于明洪武年间。按察使是管理一省司法的长官，主要职责是“纠官邪，戢奸暴，平狱讼，雪冤抑，以振扬风纪，而澄清其吏治。”太平军占领武昌时，北王府曾设于臬署。清末有一刘姓臬司占该园，俗称臬署园。园中原有学律馆、四忠洞、望江亭、鹤梅堂、般若台，园内有泉名“竹池”。民国年间园毁。武昌区房地产公司后院墙上有块“乃园图记”石碑，题款为“光绪十二年二月钱塘诸可权题”。作者曾任江夏县令，工书法，善绘画。这幅乃园石刻写实，建筑依山就势，布局疏朗，视野开阔，利用地形布置亭廊。东侧以七曲回廊为界，西侧以竹棚和爬山园墙为界，山下凿石为泉，临水置亭，粉墙黛瓦，清新自然。清末陈三立写有《乃园冬望》一首：

闲从墙角见山亭，零叶疏枝挂杳冥。
归鹊暮衔城郭影，残蝉旧倚管弦听。
冷寻梅蕊垂垂白，愁落杨丝漠漠青。
木柄长镵逢一笑，生涯谁问酒初醒。

1921年10月，经章太炎在上海发起，1922年借洪山宝通寺中的诵经堂，邀集辛亥首义同志和军政商各界代表成立“武昌首义事业筹备处”，公推吴兆麟为主任。筹备处成立后所做的第一件事，就是创办首义公园，旨在纪念辛亥革命及兼顾首义伤残军人生活。吴兆麟为辛亥革命伤残军人征集资金，并个人带头捐款，很快募集到几十万元。1923年，乃园小首义公园基本建成，公园由李光剑计划改建，时任湖北督军肖耀南私人出资在园内立起“辛亥首义纪念坊”的牌坊。政府体念首义伤残军人而拨给一块地皮，东邻文庙，西至臬水巷，南抵大成路，北靠

辛亥革命武昌首义纪念碑

首义公园内孙中山纪念碑

山坡。辛亥首义同志会理事会办事处也设于公园内。

同年，退伍军官“八大将军团”及首义人士夏道南私人集资，在乃园内靠荷花池的平地上盖起了汉兴大戏院，以及露天的共和游艺社舞台，公推夏道南为经理。辛亥伤兵寄居园内大屋系原按察使会客厅，他们依赖场地出租和搭篷摆摊卖茶以维持生计，昔日乃园从此变成了喝茶听戏的娱乐场所。后在乃园以北的半山坡上修复陈友谅墓及“三楚雄风”牌坊，将墓东边民房改建为中山纪念堂亦称革命纪念馆（1937 年抗战时被日机炸毁），1928 年在乃园戏园旁建孙中山纪念碑。1955 年，因修建长江大桥乃园小首义公园被夷为平地，只剩一座孙中山纪念碑移往抱冰堂西侧运动场草坪。

早期创修小首义公园，夏道南出力良多。夏道南（1883—1930

首义公园辛亥人物雕塑

年），字熏阶，嘉鱼簰洲镇人。秀才，两湖书院生，1905 年派赴日本学陆军，加入同盟会，1909 年毕业后转入步兵专科。时湖北争路事起，与张伯烈被推为湖北留日学生代表，于 10 月份回国，为铁路协会会员。1910 年 9 月赴日本返校，入参谋本部研究军事。辛亥首义成功，回武昌任湖北军政府顾问，旋委为军务部参议长。参加阳夏战役，在扁担山与清军激战。停战议和时任军务部副部长，1912 年被黎元洪聘为都督府顾问。议和告成后夏辞职，在汉口组织东亚大同社，开办汉大舞台，自任经理。1919 年春，在嘉鱼县狗尾山、虎山开办同益公司采煤，同时在汉阳琴断口创办和兴砖瓦厂。1922 年与吴兆麟等创修武昌首义公园。1926 年在簰洲镇建 10 千瓦火力发电厂，开办“鸿成电灯公司”及机器碾米厂、压面厂。1930 年病故。

筹建大首义公园

在20世纪30年代，武昌市政建设出现一个高潮，省政府把蛇山规划为文化区，1932年建设厅长李书城及接任的李范一延揽卢立群任工程师兼总工程师园林处主任，筹建蛇山大首义公园。新官上任三把火，卢立群甫一上任，精心实施蛇山上大首义公园（初名武昌公园）建设的各项工程计划。1933年第一期计划包括整理园界、筑环山马路、修整黄鹤楼前百级踏步、总理孙中山先生纪念碑和中山纪念堂修葺一新（孙中山先生纪念碑1925年始建于乃园，1928年建成，1994年迁于抱冰堂西侧）。在蛇山头的石栏花木中巍然竖起了辛亥元勋黄兴的铜像，卢立群主持了工程的设计建造。公园增设花坛草坪，添置木椅铁栏，盖温室花房，并开林拓土植树造林；沿山脊修筑干路及多处上下通道，小包车可从山下沿柏油马路开上抱冰堂。

第二期计划拟将园内具有历史和艺术价值的古典建筑如纯阳楼、奥略楼、张文襄公祠、鼓楼、抱膝亭、仙枣亭、禹碑亭等处重新装修。第三期计划拟将园区划分为照相、休息、娱乐游戏、运动场、跑冰场、体育场、儿童游戏场等区域。山上还拉电线装上路灯，蛇山上破天荒有了电灯。还于蛇山顶上建蓄水池，武昌头一回有了自来水。1935年将山下乃园处的小首义公园收归，并入大首义公园，拆除摊篷建筑，伤兵给

蛇山大首义公园全景模型

予优抚，由社会处统筹安置。至此，蛇山大首义公园焕然一新，公园面积达 1070 亩，白江边汉阳门绵延至大东门长春观，东西横贯武昌城，是湖北历史上第一座国家公园。

卢立群最大的心愿是重建黄鹤楼。他发起并负责重建黄鹤楼委员会，伏案设计和制作模型，单体 3 层，高约 1 米，径 70 厘米，模型一直存放于抱冰堂。他邀请著名学者王葆心撰写了《重修黄鹤楼武昌募资启》，公告各界，以募集建楼资金。卢立群选取黄鹤楼原址警钟楼和黄龙山上最高点两处，植树标记。另外，卢立群修建了配套工程，建数百级上山台阶。卢立群对黄鹤楼的重建，因经费原因和抗战全面爆发而被迫中断。

卢立群蛇山旧居

1933 年金秋时节，丹桂飘香，卢立群与朱世濂在修复后的抱冰堂举办新式婚礼，这在武昌还是别开生面的头一次。证婚人蓝文蔚，主婚人建设厅厅长李范一。男女傧相、花童为当时在武汉大学的黄安籍学生张培刚、叶君健及朱世濂在武昌艺专的同学魏群先等人。请军乐队奏乐，观礼宾客加游客超千人，可谓盛况空前。新娘着白色暗花锦缎旗袍，披白色婚纱，戴白凤冠，登白高跟鞋，端庄娟秀；新郎一身黑色西装，俊朗英挺，好一对璧人，一时传为佳话。婚礼当天也是首义公园落成的庆典，喜上加喜，双喜临门。

新郎卢立群，学名卢骥，字龙骧，号立群。1904 年出生于黄安（今红安）县八里埪一耕读之家，行三。自小聪颖，诗文常得老师褒奖。少年就读于县立高小，师从董必武之父董采臣、叔父董素怀，并寄住董家。1921 年入武昌胭脂山下的启黄中学，时董必武任启黄英文老师，卢立群成为最早接受辩证法思想的一批人。1924 年考“庚款五校官费”，负笈日本东京工业大学工程建筑学科。1926 年 6 月学成回国。时值社会动荡，毅然投身北伐，任北伐军十五军政治部负责人和黄埔军校武汉分校政治教官等。

新娘朱世濂，大家闺秀，幼年拜蓝天蔚夫妇为义父母，后由蓝氏

卢立群与朱世濂在蛇山上拍的婚纱照

做媒与留日归国的卢立群订婚。朱世濂从南京汇文女中赴鄂就读武昌艺专，专修美术。其父朱钧辛亥革命时参加武昌首义学生军，与董必武同为辛亥元勋蓝天蔚幕僚。其祖上为浙江萧山望族，祖父朱祖圻为晚清举人，科举废后，为张保举，以道台衔任安徽水上警察厅厅长。嗣后参加同盟会，与时任安庆警政学堂会办的徐锡麟义结金兰。其高祖朱珪是嘉庆皇帝的老师，官至体仁阁大学士，朱珪曾任湖北按察使，官衙就在乃园臬署。朱珪曾在蛇山重建仙枣亭并书《费公祠记碑》事载《黄鹄山志》。朱珪与其兄朱筠（字竹君）都是《四库全书》的主编，二朱开训诂考据"朴学"一派名重士林，如戴震等皆出自其门。张之洞的祖父张廷琛被选为四库馆誊录贡生，日后朱、张两家成为世交至亲。张之洞的母亲是朱家的女儿，而朱祖圻的夫人石氏系张之洞的亲内侄女。

卢立群夫妇把家也安在抱冰堂上半山腰的小屋里。这是一幢典雅

卢立群旧居

的青砖西式别墅，始建于1896年，为张之洞创办的湖北新军军官俱乐部，当时湖北新军中的革命党常在此开会策划起义。所以，这里还是一处辛亥遗址，曲径斜坡、细莎绿苔，景致卓然。小屋内设两室两厅，除陪嫁的古旧红漆箱子，还陈设有写字台、梳妆台、穿衣镜、沙发等，依朱世濂喜好一律为白色。1935年大女儿卢冰在山上出生，小名冰生。卢立群在抱冰堂前一左一右种下两棵法桐和银杏，名之为“冰生树”。

全面抗战爆发后，卢立群由于反对亲日派将大冶象鼻山铁矿砂售与日本六合公司，以及帮助陶铸等办汤池抗日合作事业训练班而深遭当道者的疑忌。在日机轰炸的漫天烽火中，举家避难四川，任教中学和大学。朱世濂亦作为乡村女教师教难民补习及任教天生城中心小学和旅万安徽中学。抗战胜利后，卢立群与李范一重聚于武昌胭脂坪，实施他们实业建设的蓝图，开办农业机械公司、汉口奶牛合作社、米厂、农场，并与地质学家李四光一道探查湖北的矿产资源，开发荆襄磷矿，并任荆南煤矿总工程师兼总经理。

新中国成立后，卢立群应曾传六和任士舜之邀，在中南工业部、长江中游工程局从事恢复工业生产和水利建设的工作。因患结核，未应董必武推荐赴京任新中国工业部部长。60 年代初退休后，居住于武昌候补街 66 号，晚年仍潜心研究历史和哲学，笔耕不辍，但手稿均毁于“文革”期间，1976 年病逝于武昌，享年 72 岁。夫人朱世濂新中国成立后担任师资培训班辅导员、文昌门及龙华寺工人夜校教师、江零二一工厂职工中学主任、候补街小学教师，于 1983 年病故。卢氏夫妇膝下四男二女，秉承家传，学有所成，在科技和教育领域各有建树。

举家避难四川时的卢立群及家人

张公故居灵山窝

民国时期的鄂省官场有三人，因脾气古怪、超世不群、独行于世、性情耿直、刚正不阿，被时人称为“湖北三怪”，即严立三、石瑛、张难先三位先生。

张难先（1873—1968 年），沔阳张沟接阳人，谱名辉澧，号义痴。清末投湖北陆军第八镇当兵。1904 年（光绪三十年）发起组织科学补

张难先像

张难先旧居展室

习所，进行革命活动。1905 年加入日知会。1907 年拟响应萍浏醴起义，在沔阳被捕，保释后加入文学社。1911 年参加武昌起义。是湖北“运动军队”的先行者和湖北最早的革命团体科学补习所的创始人之一，参加过阳夏战争和北伐，曾任铨叙部部长、浙江省主席。抗日战争期间任国民参政会参政员、湖北省委员兼民政厅厅长。1949 年出席中国人民政治协商会议第一届全体会议。新中国成立后，曾任中南军政委员会副主席、全国人大常委会委员，著有《湖北革命知之录》。

1931 年，张难先卸任浙江省政府主席一职，回到湖北，寓居在蛇山脚下蛇山五坡，因旁有灵山寺故取名“灵山窝”，并请好友李叔同为其题字。抗战初期，何成濬任湖北省主席，力邀张难先任财政厅长。何走进灵山窝，只见张难先在后院施肥，屋里摆了一张旧书桌、几把旧木

张宅界碑

椅，完全是小户人家，哪像官吏府邸呀！这位何主席以前曾出了点经济问题，张难先多次要求蒋介石追究他，他还耿耿于怀，现在折服了：“老先生，都怪我有眼无珠啊！”

鲜为人知表烈祠

蛇山南面在抱冰堂与龙华寺之间有一处历史建筑——表烈祠，此处为何有这么一幢建筑？武汉市方志办董玉梅老师做了一番研究，她说："关于表烈祠的具体情况，最终在《万耀煌日记》中找到了答案。《万耀煌日记》对表烈祠如是记载：'（1938 年）2 月 15 日，我们廿五军军部设在武昌熊廷弼路表烈祠。为十三师产业，十三师阵亡病故官兵，以张森为首，均有主牌灵位，并刻有大碑立于大殿，四时均有致祭。大殿两侧厢房三人间为办事处，前殿为五大间，做客厅、陈列馆等用，雄伟壮丽，为武昌著名之祠堂。将校研究班之筹备处即设于此。'"

张森（1887—1928 年），字木荄，麻城东乡人。少倜傥不群，学于祖父静庵，课以经、史兼及孙吴兵法。由本县高小学堂毕业，考入湖北陆军中学堂，入伍保定。保定同学要求改良教育，推为代表，政府置森于狱，旋以国会质问释出。毕业后，派往湖北陆军见习，历充排长、连长。是时家赤贫，所得薪俸半寄家供菽水。旋赴川、湘，游北京，未得志。民国十三年，夏师长斗寅召，充鄂军卫队营营长兼教导队队长，深得士心。十五年，升第三团团长，夏倚重焉。屡立战功，平定宜昌各处土匪。升第四师第二旅旅长。夏在沙市通电移师后，由嘉鱼趋黄石港渡江，历英山、太湖，所至民众欢迎，义声远播。夏升军长，森升第二

重修前的表烈祠（黄鹄山庄）

师师长。蚌埠、徐州两役，异常出力，国府明令嘉奖。改番号为二十七军第六十六师师长。（余祖言撰《张森传》）1928年春，率部在江苏沛县与北洋军阀孙传芳部作战时染病，就医于南京，4月19日不治身亡，年四十二。同年归葬于武昌卓刀泉庙后伏虎山北坡。

万耀煌回忆张森的病逝："三月中旬……我军则集中到徐州及沛县中间地带待命。正于此时本军发生一件极不幸的事，第六十六师长张森突患重病，随即送往徐州医院。四月初，我们进至沛县以北地区作战，因通讯不便，未获他的病情，后闻因徐州医师束手无策，遂送往南京，当他到浦口时即与世长辞了。噩耗传到时，我军正在谷亭镇激战，恐动摇军心，所以没有向官兵宣布。该师的命令，一概由参谋长李松林负责，仍以张森的名义执行，一直打到天津甚至改编的时候，都是如此。张师长虽有时会急功好利，我不能苟同，但我俩多年同学，交情素厚，今他一旦溘世，我不禁放声痛哭。"（《万耀煌口述自传》第166页）

2011 年整修一新的烈士祠

烈士祠牌坊

重修烈士祠记

夏斗寅、万耀煌、张森这三个人的关系非常密切。夏和张同乡，都是麻城东乡人，万是邻县黄冈人。张和万是多年军校同学，后来都毕业于保定军校第一期步兵科。三人都是靠着同一支部队起家、发迹的，在这个部队里，这三个人是核心之中的核心。

万耀煌与十三师渊源颇深，他曾经担任十三师的师长，1931 年率十三师进驻湖北。万耀煌在日记中不止一次提到表烈祠及表烈祠中进行的祭祀活动。1938 年 5 月 13 日的日记："今在武昌表烈祠致祭先烈。首由余主祭，并由黄续坛读祭文，陪祭者均鄂军旧时袍泽与军司令部全体官兵。"

1947 年 6 月，湖北省政府主席万耀煌便因陋就简，把武汉沦陷后遭到破坏的表烈祠进行重修，然后改名忠烈祠，以祭奉在武汉会战中牺牲的抗日英烈。同时，原国民党十三师的阵亡及病故将士的灵位也依然供奉在祠堂中。1947 年 7 月 7 日，为纪念七七事变十周年，武汉当局组织数万民众，将抗日阵亡将领灵位放入忠烈祠，并举办了奉安祭典。1947 年以后，忠烈祠逐渐荒废，但建筑仍然存在，后来做了中南财经大学的招待所"黄鹄山庄"。

这段历史鲜为人知，幸运的是祠堂甬道、神阶及主体建筑均"原汁原味"地得以保留。当年国内祭奠抗日英烈规格最高的祠堂，得以发现并保存，对于后人了解抗战历史具有物证的作用。

辛亥革命武昌起义纪念馆

武昌阅马场，数百年来都是武昌的政治、文化中心，它经历了多次改朝换代，许多重大的历史事件就在此发生。1911 年 10 月，辛亥革命武昌首义爆发，起义军设鄂军都督府于此，并在广场南筑拜将台，授印黄兴为战时总司令；1926 年北伐军攻克武昌后，国民革命军总政治部在

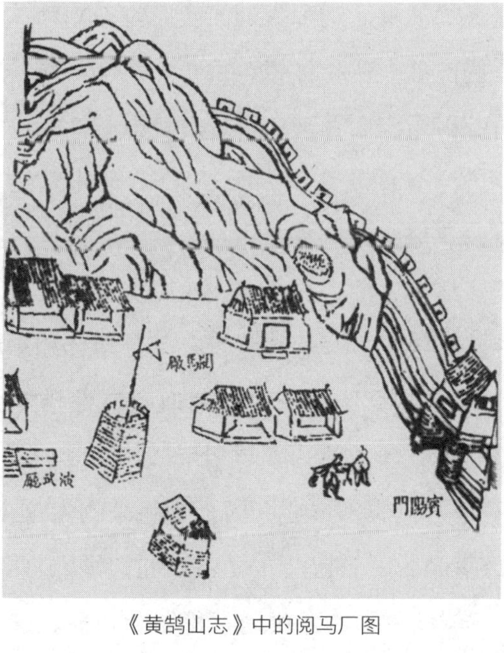

《黄鹄山志》中的阅马厂图

辛亥革命武昌起义纪念馆

阅马场组织了盛大的庆祝活动和誓师大会。辛亥革命武昌起义纪念馆原为清末湖北咨议局旧址，俗称红楼，位于武昌阅马场，东抵武昌路，西邻黄鹤楼，北倚蛇山，南面首义广场，占地面积 20000 多平方米，建筑面积近 10000 平方米。湖北咨议局于 1909 年动工兴建，建筑式样为西式，仿日本议院建筑风格，以为议员办公之地，并同时在主楼后建议员公所，供议员起居休息之用。1910 年竣工，耗银两万六千两。1938 年，议员公所大部分建筑毁于日军炮火，仅存部分南楼和东墙。

清政府为了应对自身统治危机，采取改良性措施，推行新政，设立“咨议局”就是清末新政的一项重要举措。当时的“咨议局”类似于“省议会”，但不是正式的省议会，而是为将来的省议会做试验的机构。1908 年 7 月，慈禧太后以懿旨公布《咨议局章程》，同时命各省总督巡抚马上筹办，一年内成立。《咨议局章程》公布后，各省通过投票选举产生了咨议局。当选议员的多半是地方绅士名流，议长大半为较知名的地方绅士，不少人又有一定的新学背景，如江苏咨议局的议长是著名的状元实业家张謇；湖南咨议局议长是进士谭延闿；湖北咨议局议长汤化龙，湖北浠水人，1904 年中进士，授法部主事，山西大学堂国文教习，1906 年获官费留学日本，法政大学法律系毕业。这些人都是晚清政坛的活跃分子。

1911 年 10 月 10 日，湖北革命党人起事，打响了辛亥革命的第一枪，一举光复武昌。次日就在咨议局组建中华民国军政府鄂军都督府，推举湖北新军协统黎元洪为都督，宣告废除清朝宣统年号，建立中华民国。以黎元洪为都督，下设军务、政务、参谋和外交四部。随即，辛亥革命领袖之一黄兴赶赴武昌，出任革命军战时总司令，领导了英勇悲壮的抗击南下清军的阳夏保卫战。武昌义声赢得全国响应，清朝统治顿时瓦解，封建帝制也随之终结。湖北军政府通过颁布的《中华民国鄂州约法》是中国历史上第一部以立法、行政、司法三权分立为原则的政权根

红楼

红楼前孙中山先生铜像

本法。它明确规定，“中华鄂州人民，以已取得之鄂州土地为境域，组织鄂州政府统治之。人民一律平等，享有选举与被选举、言论、著作刊行并集会结社、通讯、信教、居住迁徙、保有财产、营业等自由权利，保有家宅，非依法律不得侵入搜索”等。国家由人民主宰，自由、平等加以立法，否定封建君主专制制度。

武昌因此被誉为“首义之区”，红楼则被尊崇为“民国之门”。现在，在红楼里复原了都督府成立初期的场景，包括谋略会议室、民政部、军务部、军令部、外交部、招纳处办公室等。1961 年，这里作为武昌起义军政府旧址被列为第一批全国文物重点保护单位。该馆陈列展览分为“基本陈列”和“临时展览”，其中“基本陈列”分为《为天下先——

辛亥革命武昌起义史迹陈列》《湖北咨议局史迹陈列》《辛亥革命武昌起义纪念馆导览》《鄂军都督府旧址复原陈列》。

辛亥革命武昌起义纪念馆大门前广场中央，竖立着一尊 1931 年由著名雕塑艺术家江小鹣设计塑造的孙中山先生铜像，雕像后便是纪念馆的大门，两面铁血十八星旗寓意为全国同胞团结起来，以“铁血精神”推翻清王朝。

蛇山炮台建奇功

辛亥革命武昌首义时，谁打响了第一枪？熊秉坤打响第一枪，拉开了武昌首义的序幕。单靠枪行不行？不行。因枪的火力有限，还得靠炮，炮的威力大，可破城，南湖炮队居功至伟。居正撰联“揭竿汉上为先著，立马蛇山第一功。”题赠湖北陆军第二师师长蔡汉卿。蔡汉卿是当年向清总督衙门打响第一炮的人，人们称他“蔡一炮”。

蔡汉卿，字希圣，壬午（1882 年）年正月十五日生于湖北沔阳（后

“首义枪声”雕塑

蔡汉卿像

蛇山炮台

为洪湖）老湾乡前墩村。十四岁丧母，十六岁丧父，孑然一身，遂投靠于舅父家，一面打工放牛，一面跟着老表们在私塾跟随先生念书，粗通文墨。稍壮，常转徙于邻近州县，赁作糊口，生活艰辛，政令苛酷，滋生了蔡汉卿的反抗情绪，暗中参加了帮会“圈子会”。此事渐为地方官绅所闻，一次蔡汉卿回到前墩，即被垮子里刘澄魁逮住。在送往官府途中，被同村捐有功名的刘澄之撞见，出于同情，要刘澄魁把蔡汉卿放了。家乡待不住了，蔡汉卿流落至武汉，靠打工度日，曾参加过武泰闸的修建工程，后通过当时已是南湖炮八标排长的同乡刘鼎丞引荐入伍当兵。

当兵改变了他的命运，当时军营中早已有各式组织，蔡汉卿先是成为“忠汉团”的一员，不久又并入共进会，并靠着在营中兄弟们中的声望，成为炮队骨干。确切地讲在那个最重要的夜晚，他把握住了自己的命运。当晚七时，炮队起事，时有队官试图阻拦，蔡汉卿说今日有你无我，一脚将其踢翻，随即闯入炮库，曳炮而出，鸣炮为号。孟华臣挥十八星旗，赵楚屏以事先备好之雄鸡祭旗，点血酒，扎白布臂章，喝

中和门旧影

血酒，由蔡领誓："痛饮黄龙酒，今朝起义师，推倒满清廷，灭绝满胡夷。"誓毕，整队出营，复以炮击左近之三十二标、马八标驻地，党众蜂起，官长皆避走。合约1500人，并炮12尊，由中和门入，蔡率山炮四门登城楼，其余的山炮迅速拖到蛇山炮台，以督署为目标，发炮攻击。因为是在夜里，起先找不到攻击目标，后来有勇士在督署大门前用煤油放火，蛇山上一下就看到目标了，连放数炮击中督署签押房。此时总督瑞澂及第八镇统制张彪见大势已去，再不能据督署顽抗，于是遁上楚豫军舰赶紧逃命去了。

功成之后，蔡也曾参与阳夏诸役，累功至团长。蔡团长在风云变幻的时局中，最后选择和黎元洪在一起，曾一度升任师长。黎元洪下台后，蔡汉卿也解甲归田。抗战中蔡举家避居重庆，胜利后回汉。晚年，每逢双十，蔡汉卿必去烈士祠，祭奠故人且与尚存者聚会。1952年，以病卒于台湾家中，享年70岁。

湖北省立图书馆

湖北省立图书馆旧址，位于蛇山南麓抱冰堂下，为第七批全国重点文物保护单位。这处旧址是湖北省立图书馆第三个遗址。湖北省立图书馆始建于清光绪三十年（1904 年），由张之洞主持创办，第一个旧馆址设于武昌兰陵街西侧（今解放路）的模范讲习所；1908 年迁入第二个旧馆址兰陵街东侧原博文书院校舍（今武昌区公安分局）；1934 年 2 月，

湖北省立图书馆旧址

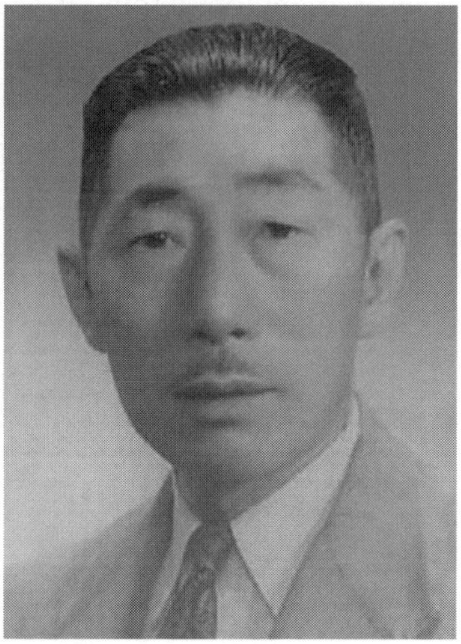

缪恩钊像

省政府决定筹建新馆，同年6月，选址武昌蛇山抱冰堂下空地。1935年10月1日，新馆奠基，1936年7月建成，建筑面积2572平方米，由袁瑞泰营造厂承建。

湖北省立图书馆新馆设计师名叫缪恩钊，江苏常州人，1893年出生，曾就读上海圣约翰大学，后于清华大学土木系毕业，考取庚款留美，先后在麻省理工学院、哈佛大学土木工程专业毕业。1919年回国后，先在湖南大学任土木系教授兼系主任，后到汉口亚细亚洋行工程部及汉口美孚洋行建筑部任工程师。1929年3月，应国立武汉大学建筑设备委员会邀请担任珞珈山新校舍监造工程师、工程处负责人，负责施工技术监督及部分结构、水暖设计。3月18日，带领助手沈中清及另外4名测工开始新校舍的测量绘图工作。其时珞珈山荆棘丛生，坟冢遍地，经过5个月艰苦努力，按时完成勘测任务。新校舍工程从1930年3月开工一直持续到1938年3月学校西迁四川乐山，共完成图书馆、文学院、法学院、工学院、理学院、男女学生宿舍、教工宿舍、食堂、体育馆、工厂、道路等大小工程 30 多项。学校西迁四川后，任土木工程系教授并兼任学校工程委员会委员。抗日战争胜利后学校迁回珞珈山，兼任复校委员会委员及医学院筹备委员会委员。晓得了这一背景，就不难理解湖北省图书馆与武汉大学的老校舍怎么会那么相似。

1936 年 7 月新图书馆刚建好，于 1937 年始把兰陵街老馆的书往蛇山新馆搬，搬了几个月。因战事吃紧，1938 年武汉会战期间，国民政府军事委员会征用了省图书馆新馆舍，而省图则西迁恩施。直到抗战胜利后，才从恩施回迁至蛇山南麓的新馆舍。

图书馆为一座典型的中国传统复兴式近代建筑，其内部为钢筋混凝土结构，而外形则极具传统建筑特点，歇山琉璃瓦大屋顶，碧瓦飞檐，檐下设有石质的斗拱、梁枋造型构件；而在立面中出现的壁柱、檐口线脚等元素，又反映出西方形式的融入。图书馆主楼为凸字形，坐北朝南，正立面中间为三层，对称的两侧为二层。建筑外墙采用水刷石，木门钢窗，建筑一层使用井字形梁架，且在井格中做彩绘，使天花板呈现出类似古建筑中平棊做法的效果。室内墙裙、楼梯栏杆和地面均用彩色

湖北省立图书馆旧影（一）

湖北省立图书馆旧影（二）

水磨石装饰。整栋楼古朴壮观，是当时新材料、新技术与中国传统形式相结合的典范。

省图大门之上有一匾额“东壁灵光”，东壁是星名，二十八宿之一，主管文章。《晋书·天文志上》：“东壁二星，主文章，天下图书之秘府也。”因以称皇宫藏书之所。

湖北省图书馆大门上的匾额“东壁灵光”

万里长江第一桥

武汉长江大桥于 1955 年 9 月 1 日动工兴建，于 1957 年 7 月 1 日完成主桥合龙工程，于 1957 年 10 月 15 日通车运营。武汉长江大桥是新中国成立后在“天堑”长江上修建的第一座大桥，也是长江上的第一座复线铁路、公路两用桥。武汉长江大桥建成之后，成为连接我国南北的大动脉，对促进南北经济的发展起到了重要的作用。武汉长江大桥凝聚着设计者匠心独运的智慧和建设者们的技艺。大桥历经多年风雨仍然坚固如初，傲然静卧，在江城人们的生活中留下了不可磨灭的印象。

武汉长江大桥旧影

清光绪三十二年（1906年），张之洞上书提议在长江上建一铁桥，由武昌接汉口，因鄂省财政不足，建桥暂缓。第二年张之洞再提建桥，由日本工程师进行勘察，不久张之洞被调离武昌，建桥告吹。清宣统三年（1911年）9月初，盛宣怀曾与德国银行签订协议，贷款100万美元，用于武昌建设跨江大铁桥，因辛亥革命爆发，建桥未能实施。民国二年（1913年），国立北京大学工科德国籍教授乔治·米勒带领夏昌炽、李文骥等13名土木门学生，到武汉对长江大桥桥址进行初步勘测，开展设计大桥的实习。民国十八年（1929年），武汉特别市政府刘文岛市长邀请华德尔来华，研商武汉长江建桥之事，由于预算巨大而无下文。

1949年9月，桥梁专家李文骥联合茅以升等一批桥梁专家向中央人民政府递交了《筹建武汉纪念桥建议书》，同月21日至30日，第一届政治协商会议通过了建造武汉长江大桥的议案。

1953年2月18日上午9时许，毛泽东一行驱车来到湖北省委所在地武昌阅马场红楼。在李先念等人的陪同下，主席走进省委二楼的会议室，在临街的窗口眺望街景，说："这楼不错嘛！"省长刘子厚介绍说："这座楼原是国民党的省党部，解放后我们接收了。"毛泽东风趣地说："是啊，大军一过江，我们接收了国民党许多大楼，连南京'总统府'也让我们接管了。接收不容易，管理更难哦！"接着，他话锋一转："上蛇山怎么走啊？"有熟悉情况的同志回答："这栋办公楼后面有条小路，可以上蛇山。""那好，我们这就上蛇山看看！"毛泽东站起身，一口水都没喝就下楼了，在杨尚昆、罗瑞卿、李先念、李雪峰、王任重等的陪同下，直奔蛇山而去。

武汉长江大桥与蛇山

有关工程技术人员向毛泽东汇报铁道部将大桥桥址选择龟山、蛇山线的考虑：武汉长江江面在龟、蛇二山之间距离最短，可缩短大桥的长度；利用龟蛇二山作天然桥头堡基础，扎实可靠，比在平地建桥大幅度节省造价和工期；两山间的长江底基本上都是坚固的岩石，有利于固定桥墩；利用两岸的山势增加大桥的净空高度，便于大吨位船舶航行通过。

毛泽东仔细倾听介绍，俯瞰大桥桥址线，频频点头，对铁道部的桥址方案表示赞许。从黄鹤楼下来，路旁有位卖炸臭豆腐的老人，毛泽东关切地询问他做这个生意一天能挣多少钱。老人说，那不一定，有的时候多些，有的时候少些。聊了几句，随行人员请主席继续往

武汉长江大桥落成通车

前走。路上遇到两个小学生，一个小学生认出他来，高兴得喊起来："毛主席来了！"正月初五，游人如织，人们一下子围过来，簇拥在他身边。罗瑞卿、李先念以及警卫人员一齐手拉手，组成一个圆圈，保护毛泽东下了山，在江边上了渡船。毛泽东不无感慨地说："真是下不了的黄鹤楼！"

1956 年 5 月 31 日，毛泽东乘飞机从长沙飞往武汉，当飞临武汉长江上空时，他凭窗俯瞰长江，很多桥墩已经露出水面，他激动地连连说："好看，好看！"

1957 年 9 月 25 日，武汉长江大桥工程竣工；10 月 15 日，武汉长江大桥正式通车。它不仅是长江上一道亮丽的风景，而且也是江城的地标，是武汉的一座历史丰碑。

武汉长江大桥建成纪念碑

参考文献

1. 武汉地方志编纂委员会办公室编:《清康熙湖广武昌府志校注》，武汉出版社，2011年。
2. (清)胡凤丹编撰，彭忠德点校:《荆楚文库·黄鹄山志》，武汉出版社，2016年。
3. 冯天瑜主编:《黄鹤楼志》，武汉大学出版社，1999年。
4. 宋杰主编:《武昌·1790城纪》，湖北人民出版社，2014年。
5. 徐明庭:《老武汉丛谈》，崇文书局，2013年。
6. 姚伟钧、李明晨:《黄鹤楼沧桑》，武汉出版社，2019年。
7. 皮明庥主编:《武汉通史》，武汉出版社，2005年。
8. 卢纲等主编:《首义公园·蛇山一家人》，中国华侨出版社，2019年。